NAAR DE HONDEN

Van Helle Helle verschenen eerder:

De veerboot (2006)

Het idee van een ongecompliceerd leven met een man (2008)

Helle Helle

Naar de honden

Vertaald uit het Deens door Kor de Vries

2009
Uitgeverij Contact
Amsterdam/Antwerpen

© 2008 Helle Helle
© 2009 Nederlandse vertaling Kor de Vries
Oorspronkelijke titel *Ned til hundene*
Oorspronkelijke uitgever Samleren, Kopenhagen
Omslagontwerp Suzan Beijer
Foto omslag Soloman/Hollandse Hoogte
Foto auteur Robin Skjoldborg
Typografie binnenwerk Text & Image, Almere
ISBN 978 90 254 2997 3
D/2009/0108/916
NUR 302
www.uitgeverijcontact.nl

1

Ik zoek een goede plek om te huilen. Het is niet zo een-voudig zo'n plek te vinden. Ik heb urenlang met de bus rondgereden en nu zit ik op een krakkemikkig bankje helemaal aan de kust. Er zijn hier geen veerboten, alleen een praam die vee van en naar een onbewoond eiland brengt.

Ik woon in een vrijstaand huis met veel ramen aan de straatkant. Misschien had het geholpen als ik een paar ra-men had gelapt. Aan de andere kant kun je door alle groenblijvende planten niet naar buiten kijken. De afge-lopen zomer was nat, en de planten groeiden als een gek. Nu is het winter, en ik ga niet meer naar huis terug. Op deze tijd van de dag doe ik altijd een dutje op de bank. Bjørnvig bevriest een wrat.

Het waait hard. De wind sloeg tegen mijn gezicht, toen ik met mijn rolkoffer uit de bus stapte. De hemel boven zee is donkergrijs. Een man in een overall komt met veel moeite aanfietsen over het paadje langs het water. Telkens wanneer hij een pedaal naar beneden trapt, kromt hij zich over het stuur. Zo fiets ik zelf ook en daarom fiets ik niet. Hij stopt en stapt af. Kijkt uit over zee, zet zijn handen in zijn zij. Hij weet best dat ik hier zit. Ik kijk naar mijn handen in de varkensleren handschoenen.

Hij is weer op de fiets geklommen en rijdt verder langs de zee. Het is slechts een kwestie van tijd, voor hij omkeert en het pad verlaat en langs het schuurtje naar mij toe komt. Het laatste stukje loopt hij met de fiets aan de hand. Zijn haar is donker en dun. Maar hij is nog niet zo oud, een paar jaar jonger dan ik.

'Daar zit je goed,' zegt hij.

'Ja.'

'Je zult daar nog wel heel lang moeten zitten.'

'Ik zie het,' zeg ik vanachter mijn sjaal.

We kijken allebei naar het bordje met de bustijden en daarna naar de rolkoffer.

'Nou, veel plezier nog dan,' zegt hij en hij stapt op zijn fiets. Al zittend begint hij te fietsen, steekt twee vingers op ten groet, omhoog en omlaag. Hij heeft nu de wind in de rug en is snel uit zicht verdwenen.

Ik weet niet wat ik me voorstelde bij die croissant met kipsalade. Ik hou mijn handschoenen aan terwijl ik eet, de stukjes bladerdeeg dwarrelen op mijn jas. Ik ben tweeënveertig jaar en nog steeds niet in staat iets te leren. Ik eet de croissant vanuit het midden en ik heb geen servetjes bij me. Ik sta op en veeg mijn jas af, krijg mayonaise op beide mouwen. Mijn benen voelen stijf aan. Ik ga weer zitten. Het begint donker te worden, de wind rukt aan het dak van het schuurtje.

Hij komt terug, nu samen met een vrouw, beiden te voet. Net als hij heeft zij een overall aan. Ze houden elkaars hand vast en laten die pas los als ze vlak bij me zijn.

'Hallo,' zegt ze, 'weet je wel dat er pas morgen een bus komt? Er rijdt er hier namelijk maar één per dag.'

'Ja, dat heb ik gezien.'

'Wacht je soms op iemand?'

'Nee, niet echt.'

'Wil je een telefoon lenen?'

'Nee, dank je, dat is niet nodig.'

'Wij heten Putte en John,' zegt ze. 'Je kunt hier echt niet blijven zitten. Er is een kleine orkaan op komst.'

'Dat kunnen we niet hebben hoor,' zegt hij.

Ze trekken me elk aan een arm omhoog. Hij schuift de handgreep van de rolkoffer uit en trekt die achter ons aan. De wieltjes ratelen op het asfalt. Ze wonen in een huisje zonder voortuin, het ziet er pas gestuukt uit. Een ronde klimop en een windlicht achter elk raam. Ze doet de voordeur open. De gang is smal en heeft een vurenhouten trap achterin. Ze trekken hun schoenen uit en we lopen de woonkamer in. De kachel brandt. Ik sta midden in de kamer. Ze loopt weg en komt even later terug met een glas water, dat ze me aanreikt.

'Waarom dragen jullie overalls?' vraag ik.

'We komen net bij de honden vandaan,' antwoordt ze.

Hij heeft de televisie aangezet en zit nu op de bank. Het weerbericht is er op, hij leunt helemaal voorover.

'Denk je dat het hek het houdt?' vraagt ze.

'Anders vinden we er wel iets op,' zegt hij, en tegen mij: 'Ga toch zitten.'

Ik drink mijn glas water, terwijl zij zitten te kletsen. Ik hoor niet echt goed wat ze zeggen. Putte staat op en haalt een plaatselijke krant. Ze bladert erin met haar benen onder zich, ze heeft nogal dikke dijen. John kijkt over haar schouder mee en bromt ondertussen.

'Dat hadden ze vorig jaar al moeten doen,' zegt Putte hoofdschuddend.

'Ja, maar je weet toch hoe dat gaat,' zegt John.

'Dan nog.'

Ze kijken de hele krant op die manier door. Vervolgens vouwt ze die op, geeft hem er een tikje mee op zijn knie en vraagt: 'Wat eten we?'

'Con carne.'

John snijdt uien en staat te snotteren in de open keuken, Putte knoopt haar overall open en gooit die over een stoel. Ze draagt er een legging en een geblokte, loshangende blouse onder. Skisokken over de legging heen. Ze neemt een sigaret uit een pakje in het wandmeubel, steekt die aan, loopt naar John en stopt de sigaret in zijn mond.

'Dan hoef je niet te huilen,' zegt ze tegen mij.

Ze gaat zitten en kijkt tv. Gaapt een beetje. Gaat half op de bank liggen, grijpt een plaid en trekt die over zich heen. We kijken naar het regionale nieuws. Ze valt in slaap. Ik kijk naar haar gezicht, ze is misschien maar half zo oud als ik.

Ik val ook in slaap in de stoel. Als ik wakker word, is John de tafel aan het dekken. Hij zet zout en peper neer en vouwt de servetten sierlijk dubbel. Hij maakt Putte wakker door met twee vingers tegen haar voorhoofd te tikken.

'Moet jij je jas en zo niet uitdoen? Die sjaal bijvoorbeeld,' zegt hij tegen mij.

'O, ja.'

Ik bekijk mezelf; aan mijn jas zitten zowel knopen als een rits. De franje van mijn sjaal zit vast tussen de rits.

'Mag ik ook even jullie wc gebruiken?' vraag ik.

'Ja hoor, doe maar.'

Hij wijst over zijn schouder achter de keuken en zegt met een sissend geluid tussen zijn tanden: 'Psst. Het is die kant op.'

Tijdens het eten vertelt Putte een lang verhaal over haar vader, die blijkbaar in Næstved woont. Hij was bij de dokter geweest om medicijnen te halen voor Puttes broer zonder dat haar broer dat wist. Een omstandigheid waaronder de dokter uiteraard geen recept wilde uitschrijven en toen had haar vader het benauwd gekregen, waren zijn vingers gaan tintelen en moest hij een glas koud water drinken, maar toen de dokter ook nog aankwam met een plastic tas van de Lidl waarin haar vader moest ademhalen, had hij haar hand weggeslagen en gezegd: 'Haal die troep eens gauw weg, zeg.'

Putte schaamt zich voor haar vader, ze vindt dat hij zich als een klein kind gedraagt. John verdedigt hem en zegt: 'Zij kent Eskild toch.'

'Ja, maar dan nog. Het is gênant voor Ibber.'

Ibber is haar broer, begrijp ik. Putte schudt haar hoofd en neemt een slok melk. John drinkt water, en ik ook.

'Smaakt het? Je hoeft het niet allemaal op te eten,' zegt Putte tegen mij en even later: 'John is onze beste kok. Er is niemand hier in de streek die varkensgebraad zo kan bereiden als hij.'

'Ach, dat weet ik niet, hoor,' zei hij.

De schaal is leeg. Putte laat haar vinger er doorheen glijden en stopt die in haar mond. Het ziet er niet naar uit dat ze na het eten willen roken. John staat op en zet koffie. Putte kijkt naar zijn rug en friemelt aan haar vlecht. Ik kijk naar mijn handen, ik weet niet wat er met die handen aan de hand is.

'Wij gaan vroeg naar bed,' zegt Putte. 'Jij kunt de bank krijgen. Daar kun je heel goed op liggen.'

'We halen een dekbed van zolder,' zegt John vanuit de keuken. 'Dat kan dan mooi even bij de kachel hangen.'

'Dan is dit waarschijnlijk het moment dat je hoort te zeggen dat jullie niet te veel moeite hoeven te doen,' zeg ik.

Putte vertrekt geen spier en zegt: 'Ach ja, maar we hebben toch geen moer te doen. We lopen hier toch maar wat rond met onze whiplashes.'

'We willen graag iets anders om handen hebben,' zegt John, en vervolgens lachen ze allebei heel hartelijk. John zet een kopje voor me neer, hij legt een vanillekransje op mijn placemat, daar bovenop nog een en daarna nog een en nog een. Nu plaagt Putte hem: 'Nog eentje, John, dan kunnen we een spelletje Jenga gaan doen.'

'Ik wil graag naar het eiland,' zeg ik.

'Welk eiland?' vraagt Putte terwijl ze het bovenste vanillekransje pakt en verdergaat: 'Dat hier bij ons?'

'Dat kleine.'

'Dat is het vaarzeneiland,' zegt John.

'Nu?' vraagt Putte.

'Het wordt gebruikt om het vee te laten grazen. Het is van Pilegård.'

'Er staat een hutje achter de bomen.'

John neemt een vanillekransje en nog eentje en zegt met zijn mond vol koekjes: 'Het is een leuk plekje.'

'Niet als er kalveren grazen,' merkt Putte op.

'Zou dat hutje te huur zijn?' vraag ik.

John begint te grijnzen, er vliegen wat kruimels uit zijn mond, en hij zegt: 'Pilegård verhuurt zijn moeder nog, als het moet.'

'Pilegårds portemonnee is gemaakt van mollenbont,' zegt Putte, en ook uit haar mond vliegen nu kruimels.

'Wil je geen koekje? Jij bent echt zo'n dame,' zegt John.

'Ik ga nu naar boven om het dekbed te halen,' zegt Putte en ze staat op, haar vlecht zwiept door de lucht.

'Nee, dat ben ik helaas niet. Nee, dank je,' zeg ik.

'Laten we het daar maar op houden,' reageert John en hij krabt aan zijn borst door de overall heen.

2

Ik lig op hun hoekbank met mijn voeten in de hoek. Het waait hard, de wind suist om het huis. Het licht van de lantaarnpaal beweegt onregelmatig door de woonkamer. Het dekbedovertrek ruikt naar wasverzachter. Er klinken geen geluiden meer van boven. Eerst hoorde ik hun stemmen als twee verschillende toonsoorten zonder dat ik de woorden kon onderscheiden. Ze spraken lang met elkaar. Op een gegeven moment lachten ze. Na verloop van tijd was het langer stil tussen de zinnen. Een zin en een antwoord en nog een kort antwoord. Pauze. Een korte zin. Pauze. Antwoord.

Ik doe de lamp boven de bank aan en ga rechtop zitten. Grijp naar mijn rolkoffer op de grond, weet hem naar me toe te trekken en doe hem open. Ik heb mijn wollen ondergoed meegenomen, dat dacht ik al. Ik heb ook een paar sjaals meegenomen. Ik kan me niet herinneren dat ik vijf kledingrollers in de koffer heb gestopt, maar er moet een gedachte achter hebben gezeten. Ik blijf bij mijn kniekousen hangen. Vier paar. Er ligt ook een paar van die lange van Bjørnvig tussen, die zijn een beetje groezelig. Hij gebruikt ze in zijn rubberlaarzen, daarnaast loopt hij vooral op witte klompen.

Er klinken voetstappen in de slaapkamer. Daarna op de trap, en dan gaat de deur naar de woonkamer open. Het is Putte in een nachthemd met los haar.

'Zullen we een spelletje Uno doen?' vraagt ze. 'Zo kunnen we toch niet slapen.'

Ze knikt naar de weg, de storm buldert nu door de straat.

'Ja, dat is goed.'

Ik zet mijn koffer weer op de grond en ga rechtop zitten. Putte schuift de tafel naar de bank toe en steekt waxinelichtjes aan. De speelkaarten liggen boven in een grote, groengeverfde kist.

'Dat is onze spelletjeskist,' zegt Putte. 'We hebben er 72. Er zitten puzzels bij die we hebben gelegd en weer uit elkaar gehaald, maar we hebben ook verschillende bordspellen.'

'Ik weet niet hoe Uno gaat.'

'Heb je geen kinderen?'

'Ik zelf niet.'

'Ken je er wel een paar?'

'Wat?'

'Nou, kinderen.'

'Een paar, ja.'

'Spelen die geen spelletjes?'

'Soms zitten ze wel iets te doen.'

'Dat is vast en zeker Uno. Het is een echt kinderspelletje.'

'Het zijn al bijna geen kinderen meer.'

'Aha, ze zijn al groot.'

'Ja.'

'Dan spelen ze vast geen Uno meer.'

Ze legt me de regels uit, maar ik snap ze niet. Dus bespreken we eenvoudig mijn mogelijkheden terwijl we spelen.

'Nu kun je een groene of een zes neerleggen,' zegt ze.

'Nu kun je een blauwe leggen, of je kunt van kleur veranderen.'

Buiten klinkt een gebulder. Putte zegt dat het de twee wijnvaten zijn die ze voor de opvang van regenwater gebruiken. Het ene vat heeft een deksel en is bijna leeg en slaat tegen het andere aan. De vaten komen helemaal uit Hongarije. Een vrouw die een zaakje met tweedehandsspulletjes heeft in een oud benzinestation importeert ze, Putte werkt voor haar.

Eerst verkochten ze ook cervelaatworst en gerookte paling, maar de mensen vonden dat er een machineolieachtige bijsmaak aan zat. Nu verkopen ze allerlei spullen uit de hele wereld en uit Fuglebjerg. Afgedankt servies en beddengoed. Het hele jaar door kabouters. Spulletjes van blik.

'Dat is waarschijnlijk niets voor jou,' zegt ze.

'Ik vind kabouters best leuk,' antwoord ik.

'We zijn in deze tijd van het jaar alleen vrijdag, zaterdag en zondag geopend. Maar nu weet je het, mocht je belangstelling hebben. Het is negen kilometer verderop aan de hoofdweg. Aan de kruising na de rotonde.'

'Dat zal ik onthouden.'

Op een gegeven moment val ik bijna in slaap terwijl Putte de kaarten schudt. Ze kijkt op naar mij en daarna naar de wandklok, het is kwart over twee.

'Zo, nu wordt het de hoogste tijd,' zegt ze en ze pakt de kaarten, doet die in de doos die ze daarna boven in de kist legt. 'We moeten maar eens gaan slapen. Laten we hopen dat het huis er morgen nog staat. Welterusten.'

'Welterusten.'

'Ja, welterusten dan maar.'

'Welterusten.'

Ze blijft even in de deuropening naar mij staan kijken. Steekt vervolgens haar hand op om te groeten en doet de laatste lamp op het uittrektafeltje uit. Ik ga op mijn zij liggen en trek het dekbed helemaal over mijn hoofd, de storm is nu slechts een onrust in de verte, mijn benen worden zwaar.

Hier bevind ik me dus. In een pas gestuukt huis bij twee hartelijke mensen aan de kust, op een hoekbank. Naast een oude, groen geverfde kist. Je zou die kist natuurlijk kunnen leeghalen en je lichaam erin stoppen, tot je ademhaling ophoudt, maar aan de andere kant, wat een werk met al die spelletjes en kaarten. Dat is ook niet wat ik wil. De storm laat het dak kraken. Ik draai me om op de bank. De sterke geur van wasverzachter. Vriendelijke onbekenden. De mogelijkheid om in een bus te stappen en later in een andere. Sindsdien ben ik niet wijzer geworden, dat komt nog.

3

Als Bjørnvig zich concentreert, komt er een brommend geluidje uit zijn keel. Zo zoekt hij iets op in een telefoonboek en zo kiest hij een biefstuk. Ik stel me dat geluid voor als hij de uitgroeisels en moedervlekken van zijn patiënten onderzoekt. De kliniek ligt achter het plein en telt twee vertrekken. Wachtkamer en spreekkamer. In de wachtkamer zit Anja met haar hairextensions achter de balie. Als ze ziek is of een vrije dag heeft komt Gitte. Zij heeft ook hairextensions. Ze zijn allebei negenentwintig en hebben last gehad van hardnekkige voetwratten. Ze hebben tien jaar bij elkaar in de klas gezeten, na school was Anja in de leer bij een boekdrukker, maar ze kon niet tegen de drukinkt. Dus het was een geluk bij een ongeluk dat ze die voetwratten kreeg en Bjørnvig ontmoette. Ze is heel blij met haar werk. Ze heeft een glimlach in haar stem, aan de telefoon is ze altijd opgewekt. Dat is meer dan ze over mij kunnen zeggen. Soms bel ik om Bjørnvig te vragen om onderweg naar huis iets te kopen. Chocola of skin tonic. Sigaretten, toen ik nog rookte.

Anja en Gitte hebben het over hun aanstaande dertigste verjaardag gehad. Ze maken deel uit van een cultuur waarbij volgens oud gebruik van olievaten pepermolens worden gemaakt. Geen van beiden is getrouwd. Gitte had trouwens wel acht jaar een vriend. Ze had het aantal keren dat ze elkaar gezoend hadden geteld en was tot een totaal van iets meer dan vijfduizend gekomen. Bjørnvig vertelde het een keer toen we aan de salontafel smørrebröd zaten te eten, gemiddeld minder dan twee zoenen per dag. Er was smørrebröd met rosbief voor ons allebei, maar dat van Bjørnvig moet zonder geroosterde uitjes zijn. Hij houdt niet van de nasmaak, van geroosterde uitjes heb je de rest van de dag nog plezier, zegt hij zonder veel plezier.

Ik heb zelf ook een korte tijd hairextensions gehad. Ze waren van gebleekt natuurhaar uit India, ik heb ze er binnen één week laten inzetten en weer uithalen. Dat kostte bijna vierduizend kroon. Eerst lag ik een paar dagen op de bank, als een zeemeermin met los, gedrapeerd haar. De donderdag erna reisde ik naar Funen en hield daar een lezing in mijn mantelpak, maar halverwege mijn verhaal en mijn artistieke effecten trok ik onbedoeld voor vijfhonderd kroon Indiaas haar uit mijn achterhoofd. Daarna hielden we een koffiepauze, ze hadden van die kleffe muffins.

Bjørnvig en ik zijn niet getrouwd. Op dat punt kreeg ik gelukkig mijn zin niet, en hij heeft ook nog steeds dat brommende geluid in zijn keel. Ik kan niets sturen waar ik zelf geen controle over heb, zei hij de laatste keer dat ik erover klaagde. Hij was net thuisgekomen met een cadeautje voor me, een nog niet opengesneden dichtbundel uit de jaren tachtig, hij zat aan de salontafel en sneed hem open, zodat ik me daar niet druk over hoefde te maken, ik heb op het moment namelijk ook zoveel andere dingen aan mijn hoofd.

4

's Ochtends dreunen de vaten verschrikkelijk. Boven in de slaapkamer luisteren ze naar het radionieuws. Het is nu koud in de woonkamer, het vuur is allang uitgegaan. Het huis ruikt naar koffie, dat begrijp ik niet, tot John met een beker voor mij in de deuropening staat en zegt: 'We hebben een extra koffiezetapparaat in de slaapkamer. Alsjeblieft. Dan kun je de dag tenminste fatsoenlijk starten.'

'Het heet beginnen,' roept Putte van boven.

'Vanwege de storm rijdt de bus voorlopig niet,' zegt hij. 'Er wordt zelfs aangeraden binnen te blijven als je niet per se naar buiten moet. Wil je toast?'

'Is het zo erg?'

Hij knikt. Hij draagt thermokleding. Hij gaat op zijn hurken bij de kachel zitten en steekt die aan. Legt twee briketten op hun kant en legt er eentje overheen. Verfrommelt drie stukken krantenpapier en duwt die in de holte tussen de briketten, strijkt een lucifer af, draait aan de regelschuif. Het vuur begint heftig te branden, de storm trekt aan de vlammen. Dan staat hij op en veegt zijn handen af. Zijn stoppels zijn in de loop van de nacht gegroeid.

Er klinken snelle voetstappen op de trap, Putte gooit

de deur open en loopt naar mijn voeteneinde, trekt het dekbed om zich heen en zegt lachend: 'Goedemorgen.'

Ze rilt. Ze begint haar haar te vlechten, ze heeft een elastiekje om haar pols.

'Wat zijn je plannen?' vraagt ze aan mij. 'Voorlopig kun je nog nergens naartoe.'

'Plannen, plannen.'

'Wat het eiland betreft kunnen we het best contact opnemen met Pilegård, maar in dit weer kun je er toch niet heen.'

'We moeten ook nog verwarming regelen voor die hut,' zegt John.

'Volgens mij is er een soort kachel. Kun je je niet meer herinneren dat we er destijds rook vandaan zagen komen?'

'Dat kan ook gewoon een vuur geweest zijn.'

'Ik weet zeker dat er een kacheltje is,' zegt Putte.

We eten aan de salontafel, Putte en ik nog steeds met het dekbed half over ons heen. Ik heb het huispak aan waarin ik ook heb geslapen. Ik heb er twee. Ik heb alleen dit ene meegenomen, dat ooit wit is geweest. Ik loop een groot deel van de tijd in mijn huispak rond, ik weet niet waarom het zo moeilijk is om zo'n huispak uit te trekken. Puttes eetlust is groot. Ze eet met een servet onder haar kin, de kruimels dwarrelen er op neer.

Putte zegt: 'Dat scheelt weer een bord.'

Er is geroosterd casinobrood. Het is lang geleden dat

ik geroosterd casinobrood gegeten heb. Om de dag haalt Bjørnvig een wittebrood zonder maanzaad. Daar zit zoveel lucht in dat hij het helemaal platdrukt op de snijplank wanneer hij het snijdt. Als ik uit bed ben, zit ik ernaar te kijken. Nadat er een boterham afgesneden is, veert het weer terug tot zijn normale grootte. Hij eet de boterhammen met een dikke laag appeljam erop, waarvan ik niet weet waar die vandaan komt. Hij doet een paar keer per week boodschappen en komt dan aan het eind van de middag met volle tassen thuis. Hij pakt de boodschappen uit en zet alles op zijn plek. Ik kan hem vanaf mijn bank zien. Ik hou heel veel van mijn bank, hoewel de veren er aan de onderkant uitsteken. Bjørnvig heeft zich eraan geprikt toen hij naar die taartschep van zijn ouwelui uit Slagelse zocht. Onder de bank begon hij te hijgen, en achteraf moest hij een inhalator van iemand lenen.

'Ik heb een paar keer een afwas weggegooid,' zeg ik.

Ze eten allebei verder, het gebit van John kraakt een beetje. Het geroosterd brood vraagt anders niet veel kauwkracht, en daarbij doopt hij het ook nog in zijn koffie. Er drijven een paar kruimels boven in de koffiekop.

'Dat is lekker handig,' zegt hij en hij lacht.

'Waarom?' vraagt Putte.

'Ja, dan hoefde ze de afwas niet te doen.' Hij lacht verder, en Putte lacht mee, ze frommelt het servet in elkaar en gooit dat in de richting van de kachel, het belandt in de mand met briketten. Er heerst een sterke, droge hitte in de kamer, haast een saunageur, het vuur brandt hevig.

'Je mag niet "ze" zeggen over iemand die in de kamer aanwezig is,' zegt Putte.

'O, nee, dat is waar.'

'Dat geeft helemaal niks, hoor,' zeg ik.

Als we de tafel hebben afgeruimd, trekt John een overall aan over zijn thermokleding. Hij trekt een bontmuts met oorkleppen goed naar beneden over zijn hoofd en maakt een grimas, Putte geeft hem een dreun boven op de muts.

'Ik ga mee,' zegt ze, en tegen mij: 'Jij dan? Wil je een muts lenen?'

'Waar gaan we naartoe?'

'Naar de honden.'

'Ja, dan wil ik graag een muts lenen.'

'Geef me de bivakmuts eens, John. Daar beneden. Ja, die.'

Ze geeft hem aan mij, ze bekijkt mijn gezicht terwijl ik naar de muts in mijn handen kijk, dan trek ik hem over mijn hoofd.

5

'Ik weet wel wie jij bent,' zegt John als we een stukje achter Putte lopen op wat de hoofdweg moet zijn. Vijf huisjes zonder voortuin. We moeten ons echt vooruit worstelen. Ik weet niet zeker of ik het goed hoor onder mijn muts, dus kijk ik maar naar hem en daarna naar Putte die haar armen wijd doet, ze kan bijna tegen de storm leunen. Ze draait haar gezicht en lacht naar ons, ik lach terug, denk aan mijn glimlach in de opening van de muts.

Als we ons een stukje over de hoofdweg bij de zee vandaan hebben geploegd, slaat Putte een onverharde weg in met akkers aan beide kanten. Aan het einde van de weg is een kleine sparrenaanplant, en achter de sparren ligt een boerderijtje met mos bedekte kinderkopjes op het erf en een versleten eternieten dak. We horen de honden blaffen, maar dat kan niet tegen ons zijn. Hun geblaf is te horen achter de storm die aan de sparren rukt. Putte haalt de grendel van een van de staldeuren, de storm slaat de deur met een klap open. John grijpt hem beet en sluit hem achter ons zodra we binnen zijn. Het is ongekend warm in de stal. De honden houden op met blaffen, ze piepen en kwispelen in hun hok. Het zijn er twee. Het zijn een paar gladharige, slanke honden. Van blijdschap kronkelen ze zo dat hun achterlijven bijna onder ze verdwijnen. Putte gaat naar binnen, ze springen tegen haar op, tot ze in wat stro gaat zitten. Dan likken ze haar gezicht en haar handen en rollen over elkaar heen.

'Rustig, lobbesen,' zegt ze. 'Rustig maar, lobbesen.'

John heeft een fluitje gepakt en dat om zijn nek gehangen. Hij stapt door een roodgeverfde deur aan de andere kant van de stal. Ik loop naar het raam en kijk naar buiten, hij rukt aan een paal van het hek dat om de ren staat, het hek beweegt mee, maar lijkt het te houden. Ik kan aan zijn mond zien dat hij iets roept, de honden horen het en buitelen naar buiten door een soort luik in het hok. Hij laat ze eruit door een poortje in de ren en ze verdwijnen met grote snelheid achter een paar sparren. John loopt achter ze aan.

'Houdt het hek het?' vraagt Putte aan mij vanaf de grond.

'Dat denk ik wel.'

'Mooi.'

'Voor wie verzorgen jullie de honden?'

'Voor mijn oom. Hij ligt een paar dagen in het ziekenhuis. We kunnen ze thuis niet hebben. John kan niet tegen hondenhaar. Maar ze zijn er ook aan gewend om hier te zijn. Mijn oom gebruikt ze voor de jacht.'

'Woont jouw hele familie hier in de buurt?'

'Nee, joh, alleen mijn oom en Ibber. Hij woont 180 meter bij ons vandaan. Hem moet je een keer ontmoeten, hij is ook tamelijk zelfvoorzienend.'

'Hoe bedoel je?'

'Een beetje zoals jij.'

'Zoals ik?'

'Ja, jij wilt bijvoorbeeld naar een verlaten eiland, toch?'

'Ja.'

'Dan is het maar goed dat we er eentje hebben,' zegt ze en ze komt overeind, lacht tegen me en zegt: 'Die daar staat je heel goed.'

'Dank je.'

'Ga je mee wat hondenvoer halen?'

De honden rennen op een van de twee akkers die aan de onverharde weg grenzen. We zien ze door het raam in de kleine ruimte aan het eind van de stal. John loopt naar de hoofdweg en weer terug, terwijl de honden ronddartelen. Daarna worstelt hij zich tot halverwege op het veld en gaat daar onder een grote boom staan, vast en zeker een eik, die geven niet zoveel mee.

Het voer staat in een paar grote zakken op een tafel. Binnen is alles keurig geordend. Drie kratten frisdrank op kleur gesorteerd op de grond. Kranten in keurige stapels. Een kartonnen doos met glas voor hergebruik dat lijkt te zijn schoongespoeld.

Putte trekt een koelkastje open en geeft me een doos chocolaatjes.

'Neem er maar een. Die zijn voor ons bedoeld.'

Ik heb eigenlijk geen zin, maar toch neem ik er een met

een gesuikerde viool bovenop. Hij is ijskoud en hard, smaakt haast nergens naar.

'Wat scheelt je oom?'

'Hij is in het ziekenhuis voor een knieoperatie. Dat stond al heel lang gepland. Buiten bij de Aldi is hij in een gat in het asfalt gevallen. Ze hebben er een boete voor gekregen.'

Ze kan maar moeilijk kiezen. Wijst met haar vinger naar verschillende stukjes chocola en kiest een reepje marsepein. Bijt het middendoor. Bekijkt al kauwend de helft die ze nog tussen haar vingers heeft.

'Vind je dat niet onvoorstelbaar met zo'n gat? Ze hadden er een krat omgekeerd overheen gezet, maar wie ziet nou zoiets? Typisch Aldi.'

'Waar is die ergens?'

'In Næstved.'

Ze doet de deksel weer op de doos en zet die in de koelkast, schept met haar handen het droogvoer uit de zak in een emmer, veegt haar handen af aan haar overall en stapt het hok in, waar ze de emmer in de etensbakken leegt.

John komt terug met de honden en laat ze in de ren. Ze stuiven door naar het hok en storten zich op het droogvoer. John komt achter hen aan door de roodgeverfde deur. Hij en de honden geven in de warme stal een frisse, koude lucht af. We staan naar ze te kijken terwijl ze eten. Putte loopt erheen en legt haar hoofd op Johns arm, hij tikt tegen haar wang en glimlacht naar mij. Ik kijk omlaag naar een punt naast mijn voeten, vlak voor de laars met zijn spitse neus, gelukkig zonder een al te hoge hak.

6

Op de terugweg hebben we wind mee. Ze lopen hand in hand een eindje voor me. Hun bovenlichamen hangen achterover, ze vechten tegen de storm in hun rug. Af en toe moet Putte een paar passen rennen, de kleppen van Johns muts flapperen op en neer.

Hij is breed, en veel groter dan zij. Ze draait zich om en probeert naar me te lachen, de storm slaat tegen haar gezicht, ze hapt waarschijnlijk naar adem. Aan het eind van de hoofdweg kunnen we nu de zee zien, overal zijn hoge golven die uit haast alle richtingen lijken te komen. Maar je ruikt niet het minste spoortje zeelucht, de geur komt van ver landinwaarts achter ons vandaan, de stank van mest of in elk geval van varkensstallen in kleine porties tussen twee stormvlagen in.

Ze blijven voor een huisje van vergeelde betonsteen staan. Het heeft twee grote ramen aan de straatkant. Er hangen broekgordijnen met vitrage en weer daarachter is een vrouwengezicht te zien en een bleke hand die ons naar binnen wenkt, die ik pas opmerk als ik bij John en Putte ben gekomen.

De deur is open. John gaat als eerste naar binnen, dan volgt Putte, en ik doe de deur achter ons dicht. In de hal ligt vloerbedekking, we zetten onze schoenen en laarzen onder de spiegel neer en lopen de kamer binnen. Ik hou mijn bivakmuts op.

'Dag, Elly,' zegt Putte en ze loopt naar de kleine vrouw toe die bij de eettafel staat te roken en tikt haar op de wang.

'O, hebben jullie bezoek?' vraagt de vrouw.

Ze kijkt schuin naar me omhoog, ze is wat kromgebogen en kan haar hoofd niet helemaal optillen, en ze wijst naar achteren met haar duim: 'Osteoporose, de hel op aarde,' zegt ze.

'Dit is Bente,' zegt Putte terwijl ze naar me kijkt.

'Bente?' vraagt John.

Hij heeft zijn handen in de zakken van zijn overall gestoken, het valt me nu ineens op dat hij geen handschoenen aanhad.

'Eet je lever?' vraagt Putte. 'Het ruikt hier behoorlijk naar ui.'

'Ja, ik heb nog over van gisteren. Het staat in de oven op te warmen. Daarom.'

'Lever is ook goed,' zegt Putte.

'Zo is het.'

De rook dwarrelt uit de mond van de vrouw, die haar met haar natuurlijke ademhaling verlaat, ze blaast hem helemaal niet uit. John schraapt zijn keel.

'Nee, we komen net bij de honden vandaan,' zegt hij.

'Konden jullie op de been blijven? Wat een weer, zeg.'

'Ja, de bus rijdt ook niet.'

'Wanneer is Bente gekomen?'

'Dat was gisteren,' zegt Putte.

'Ja, ik dacht al dat er iemand in zat.'

Er komt een sterke hitte onder de eettafel vandaan. Misschien heeft ze daar een elektrische kachel staan. Midden op de tafel ligt een stapel ingevulde lottoformulieren, Putte knikt ernaar en vraagt: 'Moet John die donderdag voor je meenemen?'

'Ja, graag. Als je er tenminste door kunt komen.'

'Dat zal tegen die tijd toch wel,' zegt John.

'Anders hangen we.'

'Jullie hebben vast wel een voorraadje,' zegt de vrouw terwijl ze de sigaret uitdrukt met een kracht die niet bij de rest van haar bewegingen past. Nu ze beide handen vrij heeft, pakt ze het tafelblad beet en buigt een stukje voorover. 'Wanneer komt hij daar verderop weer thuis?'

'Ze houden hem waarschijnlijk nog een paar dagen extra.'

'Is het gaan ontsteken?'

'Nog niet, even afkloppen maar.'

'O. Ja, ja.'

Zij kraakt en de tafel kraakt, ze kijkt naar mij, haar tanden zijn iets te symmetrisch. Ze vraagt: 'En hoe lang blijf jij?'

'Dat weet ik nog niet.'

'Bente gaat op het eiland wonen,' zegt Putte.

'Welk eiland?'

'Het vaarzeneiland,' zegt John.

'Dat is een heerlijk plekje,' zegt Putte.

'Verhuurt Pilegård die hut dan?'

'Ja.'

'O. Het wordt wel lastig om heen en weer te gaan. Kan ze roeien?'

'Anders leert ze het wel.'

'Ze treft gewoon een regeling met John en mij over de boodschappen,' zegt Putte.

Als we weer op de hoofdweg staan en naar Elly zwaaien, die nu een gordijn iets opzij heeft getrokken en heel dicht bij het glas is gaan staan, haar ademhaling maakt een kleine cirkel van wasem op het glas, trekt John de kleppen van zijn muts stevig naar beneden, kijkt Putte en mij aan en zegt: 'O, dus je heet Bente.'

Putte moet lachen en begint te hoesten.

Ze zegt: 'Zo had ik heel graag willen heten, het is een mooie naam.'

'Ja, er is ook niemand die weet hoe jij echt heet,' zegt John tegen haar en begint te glimlachen. Hij wil haar op haar wang tikken, maar verliest daardoor zijn greep op de lottoformulieren.

'Wat doe je nóu?' roept Putte, terwijl we over elkaar heen buitelen om ze te pakken te krijgen. Gelukkig blaast de storm ze in de hoek bij de gevel van het huis ernaast, behalve eentje, die onder de heg verdwijnt. John worstelt zich er doorheen en keert even later terug, het briefje zit vol aarde en is kletsnat. Hij frommelt het in elkaar en stopt het in de zak van zijn overall.

Hij zegt: 'Die was toch niet te ontcijferen.'

'Alles dik in orde, hou je taai,' roept Putte naar Elly, en Elly's hand beweegt langzaam heen en weer achter het grote raam.

De rest van de dag blijven we binnen. De televisie staat continu aan, Putte ligt op de ene lange zijde van de hoekbank, ik op de andere. John is op de eerste verdieping, hij luistert naar keiharde muziek, zo hard dat de bas door het hele huis dreunt, het is gitaarrock die ik niet ken. Putte pakt de afstandsbediening en zet de televisie op teletekst. Ze zegt: 'Hij moet naar zijn muziek kunnen luisteren. Hij gaat erg op in die stereo-installatie van hem.'

Na een paar nummers wordt het stil.

'Nu maakt hij de pick-up schoon,' zegt ze. 'Het is een oude platenspeler, mijn moeder heeft hem gekregen toen ze in '74 geloofsbelijdenis deed. Zo.'

Ze staat op en loopt naar de keuken, rammelt met een paar schalen, trekt een la open en doet hem weer dicht. Ze zet de elektrische mixer aan, is daar een hele poos mee bezig, roept boven het lawaai uit naar mij: 'Wil jij amandelen in je eierpunch?'

'Nee, dank je,' roep ik terug en dan valt de stroom uit, de televisie geeft nog een kleine oranje flits voor hij uitgaat en Putte komt met de mixer omgekeerd omhoog gestoken binnen lopen.

'O, oké,' zegt ze met wijd opengesperde ogen. Van de gardes drupt het op haar onderarm.

7

Gitte en Anja zitten bij een leesclub. Er wordt één roman per maand gelezen en de club komt bij elkaar in de oude kelderruimte van de bibliotheek bij het viaduct. Soms worden hun bijeenkomsten vanwege hevige regenbuien afgelast. Om beurten nemen de leden iets te drinken mee en houden ze een korte voordracht over het boek dat ze hebben gelezen. De sfeer is uitstekend, niemand probeert zich ten koste van een ander te profileren. Het is een prima manier om een paar boeken te lezen. Gitte en Anja zijn aanzienlijk jonger dan de rest. Ze zijn lid geworden vanwege Gittes moeder, die de leesclub leidt. Ze heeft een opleiding tot sociaal werker gevolgd, maar werkt al jaren als secretaresse bij een dierenarts. Ze is niet in staat haar gevoelens te tonen, dat komt door een soort verlamming in het spierstelsel van haar gezicht. Als ze huilt, lopen daardoor de tranen in rustige straaltjes langs beide zijden van haar neusrug. Gitte kon zichzelf er niet toe zetten om nee te zeggen toen haar moeder de twee vrije plekken in de leesclub aanbood. Haar moeder is al vele jaren alleen, ze kent de namen van alle huisdieren in de gemeente. Ze begint de maandelijkse bijeenkomsten door tegen haar koffiekopje te tikken en iedereen te bedanken voor de vorige keer, daarna wordt het woord gegeven aan de spreker van de avond.

Toen het Gittes beurt was, sliep ze slecht, al weken voor het zover was. Ze is bang om voor groepen te spreken, ze heeft er alles voor over om eronderuit te komen. Anja bood aan om een dubbele beurt te nemen, maar Gittes moeder werd toen heel verdrietig. Voor de saamhorigheid was het heel belangrijk dat iedereen zijn bijdrage leverde. Gitte raakte tot 14 maart meerdere kilo's kwijt. Bjørnvig kwam thuis en vertelde hoe ze in de kliniek rondhing. Ze kwam iedere dag naar haar werk en zat daar maar wat. Ze durfde niet alleen te zijn, en toen begon haar angst de overhand te krijgen. Ze schreef de spreekbeurt uit en leerde die uit haar hoofd, Bjørnvig stond achter de deur van de spreekkamer en hoorde haar die voor Anja opzeggen. De inhoud was uitstekend, maar haar stem klonk vreselijk benepen. De dag voor de bijeenkomst kreeg ze een toeval en knalde met haar voorhoofd tegen een kast. Toen belde Bjørnvig naar haar moeder. Gitte kreeg vrijstelling en haar moeder nam het over. Anja vertelde hoe Gitte tijdens de bijeenkomst aan een einde van de hoefijzeropstelling naar een onzichtbaar punt in haar handpalm zat te staren terwijl haar moeder rustig met schuin gehouden hoofd zat te vertellen.

Na de bijeenkomst voelde Gitte zich nog beroerder. Ze werd een schaduw van zichzelf. Ze had het gevoel dat ze haar moeder had vernederd, maar die wilde er niet over praten. Toen kwam Anja in actie. Ze had een idee gekregen dat Bjørnvig schitterend vond. Hij zat aan de salontafel en vertelde mij erover. Vanwege mijn relatie met Git-

te moest ik aanbieden om in de leesclub te komen voor-
lezen. Het was verder onmogelijk om schrijvers zover te
krijgen, ze hadden het een aantal keren geprobeerd, maar
alle goede schrijvers zeiden nee zodra ze van de cadeau-
bon hoorden. Ik moest Gitte bellen en mezelf aanbieden,
waarna Gitte de boodschap aan haar moeder kon over-
brengen. Die bleek precies zoals verwacht buitengewoon
opgetogen te zijn en Gitte weer liefdevol in de armen te
sluiten.

De dag dat ik kwam bleef het droog. Gittes moeder tik-
te tegen haar kopje en heette mij hartelijk welkom. Ik las
voor uit mijn vijf jaar oude roman. De eerste hoofdstuk-
ken. Het was muisstil. De ruimte rook muffig. Ik stond
aan het woord muffig te denken en hoorde niet wat ik
zelf las. Over de rug van het boek heen had ik Gittes
gezicht in een rechte lijn voor me. Ik had de indruk dat
ze helemaal niet met haar ogen knipperde. Tussen de
alinea's in hield ik haar in de gaten. Ze had iets kobalt-
blauws van wol aan. Ik vergiste me bij twee alinea's, maar
wist die met een enkele tussengevoegde zin te redden.
Gittes moeder zat naast mij. Ik hoorde een geluid dat mo-
gelijkerwijs uit haar neus kwam. Toen ik klaar was, deed
ik het boek dicht en boog ik mijn hoofd. Hier en daar
werd geklapt. Gittes moeder ging staan. Ze wilde niet echt
een vraag stellen, ze wilde alleen haar blijdschap tonen
over haar constatering dat sommige schrijvers zich nog
steeds interesseerden voor wat met een ietwat ongeluk-
kige uitdrukking mensen met ik-zwakte heette. Haar

neus had gepiept, en die piepte nu weer. Misschien is het wat statisch, zei ze. Maar degenen die het boek uitlezen, moeten er wel door worden geraakt. Een gezette vrouw in een omslagjurk prees mijn dictie. De enige man in de leesclub hield een verhaal over zijn ontmoeting met een bekende entertainer op een schip van de ter ziele gegane veerdienst over de Grote Belt. Ze hadden een gesprekje gevoerd bij het buffet, dat was nog eens iemand die de dingen bij hun naam noemde.

Toen de bijeenkomst was afgelopen, stonden Gitte en Anja buiten op me te wachten, Gittes moeder moest haar spullen nog pakken en afsluiten. Gitte legde een kobaltblauwe arm op de mijne en bedankte me, Anja prees me de hemel in. Ik nam de bus vanaf de halte bij het viaduct en zat door de beslagen ramen naar buiten te kijken, naar het late middaglicht boven de winkels. Met de smoes dat ik in slaap was gevallen reed ik de hele route mee naar het eindpunt en zat te wachten terwijl de chauffeur een zelf gerolde sigaret rookte, de tabakskruimels dwarrelden er uit. Vervolgens reed ik mee terug. Toen ik uit de bus stapte, was het donker, boven de rijtjeshuizen hing een stank van vleessaus.

8

De storm is overgedreven, maar we hebben nog steeds geen stroom.

Ik sta op de trap naar de kleine tuin met het houten hek. In het donker is geen begroeiing te zien, maar er is een gazon en in het midden iets wat een berkenboom zou kunnen zijn. De stam licht wit op. De hemel is helder en bezaaid met sterren. Alle wolken zijn van de hemel weggeblazen. Ik denk er vaak aan hoe dikwijls ik aan het weer denk als ik in de woonkamer zit, achter de grijze plaid die ik voor het raam bij de bank heb gehangen. Ik heb twee spijkers boven in het raamkozijn geslagen en heb de koppen met een tang afgeknipt. De grijze plaid hult de kamer in een aangenaam halfdonker, wat voor weer het ook is. De groenblijvende planten doen voor de ramen aan de straatkant de rest.

Het vriest nu waarschijnlijk of het is in elk geval dicht bij het vriespunt. Mijn adem is zichtbaar in de koude lucht. In de hoek bij het hek ritselt iets, misschien een muis in een hoopje verdorde bladeren. Ik loop het trapje af en doe een paar stappen, over het grind naar het harde gras. Daar ligt een omgevallen plastic stoel, ik zet hem overeind. Dan valt er licht achter mij naar buiten, ik draai me om en zie het kleine silhouet van Putte achter het grote raam in de woonkamer, ze staat daarbinnen met een blokkaars in elke hand, zet de ene op de vensterbank en houdt de ander onder haar gezicht, doet haar mond open als in een schreeuw en gooit haar hoofd achterover. Ik glimlach en maak een geluid in het donker.

Nu is ook het grote silhouet van John achter het raam te zien. Hij heeft zijn duimen tegen zijn slapen gezet en beweegt zijn vingers. Ze voeren een compleet toneelstukje voor mij op daarbinnen, de eland en het spook. Er staan blokkaarsen en waxinelichtjes op de vensterbank. Ik vraag me af of ze me van binnen überhaupt kunnen zien. Maar dat is wel het geval, want Putte doet het raam open en leunt over een kaars heen naar buiten.

'We maken appelbeignetten op de kachel, au verdomme,' zegt ze en ze verdwijnt weer achter het venster.

Ik trek de sjaal om me heen en blaas een dunne streep lucht de kou in, en dan loop ik naar binnen.

Als we hebben gegeten en op de hoekbank zitten, gaat de telefoon. Het is Elly, die het verschrikkelijk koud heeft. Haar elektrische kachels werken nu natuurlijk niet. Hoewel ze zich heeft ingepakt in een paar dekbedden kan ze het met geen mogelijkheid warm krijgen. Putte praat met haar. John leunt naar voren en veegt wat meel van tafel in zijn hand.

'Nee, met zo eentje zit je altijd goed,' zegt hij naar de kachel knikkend.

'Wat is de kamertemperatuur nu bij jou?' vraagt Putte

in de telefoonhoorn en zegt even later met de hand over de hoorn en met haar gezicht naar John gedraaid: 'We moeten haar echt ophalen. Straks ligt ze daar nog te creperen.'

'Dan doen we dat.'

'We komen er aan,' zegt Putte tegen Elly. 'Nee, je hoeft maar één deken mee te nemen. Nee. Nee, wij hebben onze eigen. Dat weten we nog niet. Dat hoef je niet te doen.'

'Misschien moeten wij tweeën hier ook in de kamer gaan liggen,' zegt Putte tegen John als ze heeft neergelegd.

'We zien wel,' zegt John. 'Het is op de bovenverdieping waarschijnlijk al vrij koud aan het worden.'

'We kunnen de slaapmatten pakken.'

'Ik hoef niet op de bank,' zeg ik.

'Moeten we jou dan naar de vloer verjagen?' vraagt John.

'Wij zijn oude padvinders,' zegt Putte. 'Zo hebben we elkaar ontmoet. John was mijn hopman. Wij hebben duizenden keren op slaapmatjes geslapen.'

'Minstens,' zegt John en hij gaat staan.

Terwijl zij Elly ophalen, breng ik de bordjes naar de keuken en zet ze in de gootsteen. Putte heeft overal groepjes waxinelichtjes neergezet, in windlichten en kaarsenstanders, en theelichtjes in vuurvaste schalen. De lucht voelt heel benauwd aan. Ik zet de deur naar de gang open en daarna ook de voordeur en laat wat verse, koude lucht het huis binnenstromen. Blijf in de hal staan en kijk in de richting van Elly's huis, totdat ik daar de deur hoor dichtslaan. Dan sluit ik de deur weer en ga ik op de bank zitten.

Het duurt lang. Minstens tien minuten. Ik doe de lamellen van elkaar, maar ik kan ze daar niet zien. Het is anders bijna volle maan, het huis werpt een schaduw schuin over de weg. Precies in de punt van de schaduw staat een lantaarnpaal die zijn schaduw schuin op een gevel werpt. Ik loop naar de gang en open de voordeur opnieuw. Nu hoor ik hen, het gekraak van Elly en de bas van John, ze komen als een kleine karavaan vanaf de linkerkant tevoorschijn. Voorop Putte met de witte, oplichtende deken in haar armen. Daarna John die Elly draagt. Ze hangt als een kind over zijn schouder. Dan zijn ze bij mij, ik stap opzij en laat John als eerste binnenkomen. Elly begroet me met klapperende tanden vanaf Johns schouder.

'Goedenavond, Bente,' zegt ze.

Dan wordt ze op de sofa gemanoeuvreerd, Putte stopt om haar heen de deken in.

'Ach, hemeltje. Ja, ja. Ja, hier is het warm,' klappert Elly en ze vervolgt in één adem, 'hebben jullie nog steeds over van de kerst?'

'Ik zal snel een bordje voor je maken, poedersuiker of jam?' vraagt Putte en ze loopt naar de keuken.

'We moeten ook een kop koffie hebben voor we kunnen slapen,' zegt John en hij loopt achter haar aan, vult de ketel met water en komt terug, zet de ketel op de kachel neer.

Als we koffie hebben gedronken, moet John ineens denken aan hun Ajungilak-slaapzakken.

'Die kunnen immers tot min 35.'

'Ja, daarmee redden jullie het in de slaapvertrekken daarboven wel,' zegt Elly.

Ze is duidelijk opgetogen over het feit dat ze de nacht in het huis doorbrengt. Ze zit op de bank en knippert schuin omhoog met haar kleine ogen, onafgebroken rokend of met haar hand in haar tas naar de volgende sigaret zoekend.

'Bente en ik kunnen hier prima elk in een hoek liggen,' zegt ze. 'Wij nemen toch niet zo veel plaats in.'

'Nee, dat gaat prima,' zeg ik.

'Waar is de afstandsbediening, voor als we niet kunnen slapen? O, nee,' zegt Elly.

'Als je niet kunt slapen, kun je gaan kaarten,' zegt Putte en ik kijk op naar haar als Elly weer met haar ogen begint te knipperen.

'Wat kun je doen, zeg je?' vraagt ze.

'Niks,' antwoordt Putte en ze knipoogt tegen mij terwijl haar vlecht heen en weer zwiept. Hij is dik en geel en glanst in het schijnsel van de kaarsen.

John maakt een slaapplaats voor Elly. Eerst een gewatteerde deken, vervolgens een plaid, daarna een laken. Elly zit in de leunstoel met haar handen op haar schoot terwijl Putte naar het schuurtje is om de slaapzakken te halen. Ze komt binnen en rolt ze uit, houdt ze om beurten omhoog voor de kachel, schudt ze.

'Sinds het scoutingkamp op Ulvshale zijn ze niet meer gebruikt,' zegt ze.

'Dat ze wát zegt ze?' zegt Elly.

'Dat is op Møn,' zegt John terwijl hij Elly's hoofdkussen opklopt. Hij vraagt: 'Heb je er aan eentje genoeg?'

'Nee, zoals ik al zei moet ik goed omhoog liggen,' zegt Elly en ze staat op, vindt met een zaklantaarn de weg naar de badkamer en slaat de deur met een lichte knal dicht. Dan horen we hoe de sleutel wordt omgedraaid.

'Ik hoop wel dat je vannacht een beetje kunt slapen,' zegt Putte en ze gaat op mijn deel van de bank naast me zitten.

'Dat denk ik wel.'

'Alles oké met je?'

'Ja.'

'Je moet het gewoon zeggen, als er iets is.'

'Jullie zijn heel vriendelijk en gastvrij.'

'Dat heeft met verschillende dingen te maken,' zegt John gapend.

Putte begint te lachen en zegt: 'Er is verschil in mensen.'

'Mensen en mensen,' zegt John.

'Jij zou precies de vriendin kunnen zijn die ik mis,' zegt Putte en ze vraagt met verheffing van stem in de richting van de badkamer: 'Alles in orde daarbinnen?' En tegen ons: 'Nu worstelt ze met haar steunkousen.'

'Zoiets moet je nooit hardop zeggen,' zegt John, terwijl Elly een geluid maakt, gevolgd door langdurig hoesten.

Elly blijft ongelooflijk lang in de badkamer. Uiteindelijk zitten we alle drie in de kamer te knikkebollen. De wandklok tikt.

'Phh,' zegt John.

Putte schrikt en zegt: 'Oef zeg, het was net of ik viel.'

Eindelijk is Elly klaar, John en Putte gaan naar de badkamer om samen hun tanden te poetsen en ik maak snel mijn kant van de bank klaar en ga meteen liggen, val in slaap nog voordat Elly zich maar heeft kunnen nestelen. Ik hoor John en Putte zelfs niet meer naar boven gaan met de slaapzakken.

Om halftwee word ik wakker doordat Elly ligt te jammeren. Ik steek een kaars aan en kijk naar haar. Ze zit half rechtop en slaapt diep. Haar oogleden staan bol en zijn heel wit. Haar smalle bovenlichaam trilt bij iedere ademhaling. Naast haar op de salontafel liggen haar sigaretten voor het grijpen, zodra het ochtend wordt.

9

Ik slaap tot het eind van de ochtend. Als ik wakker word, zit Elly aangekleed in de leunstoel te roken. Putte is bij de honden. De stroom is nog niet terug en John heeft het druk in de keuken. Hij stopt de inhoud van de koelkast in een kartonnen doos, die buiten in de kou wordt gezet. De diepvries zou het drie dagen moeten kunnen volhouden, zegt hij.

'Denk je dat dat ook voor die van mij geldt?' zegt Elly.

'Vast en zeker.'

'Anders ben ik het haasje. Ik heb nog duif, gans en geep.'

'Heb je die nóg niet gegeten?'

'Nee, jullie zijn niet een keer langsgekomen.'

'Om geep te eten?'

'Mm.'

'Goh, dat kan ik me niet herinneren.'

Ik loop naar de badkamer en bekijk mezelf in de spiegel. Mijn ogen zijn gezwollen en mijn haar zit plat tegen mijn hoofd. Het moet nodig gewassen worden.

'Nee,' zeg ik en vervolgens in één adem: 'Tjongejonge, zeg.'

Ik sprenkel wat water op mijn gezicht en droog me af met de gele handdoek die Putte heeft klaargelegd. Pak mijn toilettas van de vloer onder de wasbak, smeer mijn gezicht in met dagcrème en doe er een klein beetje foundation overheen, daarna nog een neutrale lippenstift. Dan hoor ik de achterdeur opengaan en klinkt de heldere stem van Putte door het huis: 'Hallo!'

Daarna gevolgd door Johns diepe en Elly's rokerige stem.

'Hallo.'

'Hallo.'

'Hallo,' zeg ik en ik gooi vlak voor haar neus de badkamerdeur open.

'Hé, daar ben je,' zegt ze met een wolk frisse lucht om haar heen. 'Heb je goed geslapen? Je sliep echt als een roos.'

Bij de lunch eten we een potje noodrantsoenharing en knäckebröd. John heeft ook een kerriesalade gemaakt van umer en gehakte uien.

'Eigenlijk hadden er appels in gemoeten,' zegt hij terwijl we de stoelen naar achteren schuiven en aan tafel gaan.

'Je had toch een paar uit de garage kunnen halen,' zegt Elly.

'Jammer, pech gehad. Proost,' zegt John en we heffen onze glazen met cola zonder prik. Elly drinkt koffie.

'Dankjewel,' zeg ik terwijl ik mijn glas neerzet. Ik veeg mijn mondhoeken met mijn vingers af. 'Het is lang geleden dat ik knäckebröd heb gegeten.'

'Wat krijg jij met Kerstmis?' vraagt Putte aan mij terwijl ze de haring op haar bord snijdt.

'Te eten?'

'Ja.'

'Soms iets met kalkoen.'

'Je bedoelt kalkoengebraad?' vraagt John.

'Ja, met iets erin.'

'Dat is nogal droge kost,' zegt Elly.

'Ja, om eerlijk te zijn smaakt het niet zo heel erg lekker,' zeg ik.

'Wat zit er dan in?' vraagt Putte.

'Waarschijnlijk hetzelfde als bij eend,' zeg ik.

'Volgens mij moeten er geen gedroogde pruimen in kalkoen,' zegt John.

'Nee, daar heb je waarschijnlijk gelijk in.'

'Volgens mij moet er een soort kalfsgehakt in. En verschillende soorten kruiden.'

'Maak jij die dan niet zelf klaar?' vraagt Putte.

'Neeeh, joh. Die komt ergens vandaan.'

'Kun jij eten koken?'

'Ik kan gevulde paprika's klaarmaken. Ooit kon ik ook volkorenbrood bakken.'

Ze lachen alle drie.

'Ja nóu, daar kun je een heel eind mee komen,' zegt Putte.

Als we hebben gegeten valt er een slaperigheid over het gezelschap. We blijven aan tafel zitten, lekker achterover geleund op onze stoelen, afgezien van Elly. Niemand zegt iets. John zit in zijn ogen te wrijven en Putte doet die beweging na. Ik merk dat ik ze graag aan het praten wil krijgen. Ik schraap mijn keel. Ik wrijf me ook onder mijn ogen en knipper een paar keer.

'Gaat het al wat beter met je oom?' vraag ik.

John trekt zijn wenkbrauwen op met gesloten ogen.

'Ja, hij komt waarschijnlijk vrijdag thuis,' zegt Putte.

'Jullie zijn voorlopig nog niet af van het verzorgen van de honden, hij wordt *ganz* stijf in zijn benen,' zegt Elly, ook met gesloten ogen.

Terwijl zij hun middagdutje doen, loop ik naar de bushalte met het bankje en ga verder naar het pad aan zee. Het is bezaaid met takken en plaatselijke kranten en overal ligt afval, jerrycans en blikjes, misschien is ergens een afvalcontainer omgevallen. Het eiland ligt ongeveer honderd meter de fjord in, ondanks het jaargetijde licht het groen op. Dat komt door het gras en de sparren. Ze staan op een kleine wal, de hut ligt waarschijnlijk aan de achterkant ervan.

Ik blijf niet zo heel lang bij het water. Ik heb het gevoel dat ik iets mis. Ik draai me om en loop terug. Misschien is het mijn rolkoffer. Toen ik eergisteren op het bankje zat, had ik hem bij me. Nu staat hij thuis in John en Puttes woonkamer. Zij liggen in de slaapkamer en slapen onder de dekens met al hun kleren aan. In hun woonkamer doet Elly een dutje. Mijn rolkoffer met zijn handvat is mijn houvast, en ik kan nergens zijn zonder in elk geval die bij me. Maar als die er niet is, dan John of Putte nu, en er zijn nog niet eens twee dagen verstreken.

10

Ik haast me terug. Van veraf zie ik een man op de voordeur staan bonken. Hij heeft een wit donsjack aan met een sweater eronder, zijn capuchon steekt eruit. Ik wil hem niet aan het schrikken maken en blijf op een afstandje staan, totdat de deur opengaat en Putte slaperig naar hem glimlacht en vervolgens over zijn schouder heen naar mij, waarop hij zich omdraait in zijn hoge gympen en tegen mij knikt.

Het is Ibber. We gaan naar binnen. Hij houdt zijn jas aan en loopt naar Elly toe om haar te begroeten en gaat daarna in de hoek van de bank zitten. Hij spreidt zijn beide armen uit over de rugleuning. Hij is ouder dan Putte en hij lijkt niet op haar. Zijn haar is lichter, het is heel kort geschoren, zijn ogen zijn blauw, maar net als die van haar heel sprekend. Putte heeft slaapstrepen op haar wang. Ze schopt hem met haar kousenvoet tegen zijn been, hij haalt naar haar uit in de lucht. Ze loopt weg, vult de ketel met water en zet die op de kachel. Boven in de slaapkamer zijn voetstappen te horen, even later komt John naar beneden.

'Goedemiddag,' zegt hij en hij lacht.

Hij haalt een hand door zijn haar, schudt met zijn hoofd. Wrijft over zijn gezicht, slaat zichzelf op de wangen.

'Waarom liggen jullie te slapen als jullie bezoek hebben?' vraagt Ibber.

'O, Bente bedoel je,' zegt John.

'Zij is niet echt bezoek,' zegt Putte.

Ze zet vijf bekers op de salontafel. Daarna pakt ze de beker van Ibber snel bij hem weg en zet hem met een harde knal midden op de tafel.

'Klein kreng,' zegt hij en hij geeft haar een tik. Ze pakt de mouw van zijn jas beet en trekt eraan, hij probeert haar pootje te haken. John schudt zijn hoofd en loopt weg om een rol koekjes en een geel bordje te halen. Hij maakt de rol open en legt de koekjes in een mooie cirkel langs de rand van het bord en schuift het midden op tafel. Putte haalt Nescafé en schenkt heet water in de bekers. Niemand gebruikt melk of suiker in de koffie.

Ze praten over een grote boom die tijdens de storm is omgewaaid. Nu ligt hij dwars over het pad aan zee, achter Ibbers huis. Ibber wil hem zo snel mogelijk in stukken zagen. Niemand van de gemeente zal daar ooit achter komen. Zijn zinnen zijn nogal kort. Als hij niets zegt, kijkt Putte hem aan met een gespeelde onverschillige blik. Af en toe valt ze echter uit haar rol. Dan begint ze te glimlachen en buigt ze zich naar hem toe, ze moet hem voortdurend eventjes aanraken.

Ik hou mijn beker tussen mijn handen en kijk er een hele tijd naar, en ook naar Ibbers profiel. Zijn mondhoek wijst een beetje naar beneden. Ik zit links naast hem op de bank. Zijn stem is donker en wat nasaal, en er klinkt een licht dialect doorheen. Hij steekt zijn hand uit over de tafel en schudt een sigaret uit Elly's pakje, zij schuift de aansteker naar hem toe, hij inhaleert diep, gulzig, legt zijn hoofd in zijn nek en blaast uit.

'Er ligt in elk geval een paar kubieke meter,' zegt hij.

De rest van het gezelschap knikt nadenkend.

'Kom je vrijdag ook, Ibber?' vraagt Putte vervolgens.

'Ja, graag. Ik had eigenlijk Katrine met een kast moeten helpen, maar ze moest plotseling een dienst overnemen.'

'En jij dan, moet jij dit weekend ook werken?'

'Ja, het is mijn zaterdag.'

'Ibber is radiopresentator in Vordingborg,' zegt Putte tegen mij. 'Hij heeft zijn eigen programma, hij draait gou-we-ouwe uit de jaren negentig.'

'En wat doet Katrine?' vraag ik.

Eventjes houden hun bewegingen op, Ibber houdt de koffiebeker vlak voor zijn mond. 'Ze is sociaalmaatschappelijk werker. In het ziekenhuis van Næstved.'

'Waar jullie oom ligt,' zeg ik tegen Putte.

Ze knikt en zegt: 'Precies. Je begint het al te leren.'

'Tjonge, wat een boel woorden,' zegt John.

Net op het moment dat Elly zich vooroverbuigt om een koekje van het gele bord te pakken gaat de lamp boven de salontafel aan. Ze schrikt hevig, alsof ze een stroomstoot heeft gekregen. John komt snel overeind en doet overal het licht aan.

'Wat een zegen,' zegt hij.

'Nu kunnen we tenminste weer wat,' zegt Putte die ook overeind komt. Als eerste zet ze de tv aan, blijft er voor staan en zapt langs de kanalen, kiest dan teletekst en gaat naar de nieuwsberichten.

'Een man heeft een andere man doodgeschoten,' zegt ze.

'Ze moesten hem doodschieten,' zegt John die met de bekers en de rest van de koekjes naar de keuken loopt. Hij komt terug en ruimt de salontafel helemaal af, opent de kist en haalt er een Mens-erger-je-niet-doos uit te voorschijn. 'Nou, nu zullen we eens zien wie er aan de beurt is.'

'Ach ja, het is woensdag,' zegt Ibber.

John klapt het speelbord op de bank open, tussen Putte en zichzelf. Zij krijgt de blauwe pionnen. Zelf neemt hij de rode. Blijkbaar spelen ze met zijn tweeën. Putte gooit een zes, John begint te mopperen.

'Ga eens wat zinnigs doen met je leven,' zegt Ibber. Hij volgt het spel aandachtig. Hij leunt naar voren en komt met korte commentaren. Putte slaat John de hele tijd van het bord, het spel is snel afgelopen. John is alleen nog maar met drie pionnen onderweg als Putte gewonnen heeft. Ze wrijft haar handen tegen elkaar aan en steekt haar hand uit naar John.

'Er moet een nieuwe stofzak in de stofzuiger,' zegt ze.

'Nou, dan zien we elkaar vrijdag,' zegt Ibber en hij gaat staan.

'Draag je mij even naar huis?' vraagt Elly en ze komt ook omhoog uit de stoel.

'Ja, dat zou mooi zijn,' zegt Putte. 'John kan de deken dan later langs brengen.'

'Natuurlijk,' zegt Ibber.

Hij draait zich naar me om en geeft mij een hand. Hij zegt: 'Tot ziens. Of we zien elkaar vrijdag misschien.'

'Ja, misschien.'

Omdat Putte heeft gewonnen, mag zij stof afnemen en de bloemen water geven. John moet de rest voor zijn rekening nemen. Zodra Elly en Ibber vertrokken zijn, gaan ze aan de slag. Ik word op de eetkamerstoel gezet met mijn voeten op een andere stoel en een kruiswoordpuzzel voor mijn neus, terwijl Putte met de stofdoek rondgaat. Ze werkt van boven naar beneden, eerst de wissellijsten, de vitrine en de bovenste planken van de boekenkast, daarna de salontafel en de vensterbanken. Ze is grondig, ze tilt de potplanten en kandelaars op en neemt eronder stof af. Toch is het snel klaar, de kamers zijn nou eenmaal niet groot. Ze verdwijnt naar de bijkeuken, de deur naar de tuin gaat open en ik zie haar de stofdoek op de trap uitkloppen. Even later komt ze terug met een koperen waterkan en gaat verder met de planten.

John is klaar met de badkamer en komt met de stofzuiger de woonkamer binnen. Er hangt een geur van schuurmiddel om hem heen, zijn mouwen heeft hij tot boven zijn ellebogen opgestroopt. Putte loopt met de waterkan langs hem heen en blijft achter mij staan en kijkt mee over mijn schouder.

'Wat is dat ook weer, menigte met vier letters?' vraagt ze, maar dan zet John de stofzuiger aan en begint onder de eettafel. Putte schudt haar hoofd tegen mij en gaat verder met de vensterbank aan de tuinkant. Sanseveria's en brandende liefde, die ken ik. Bjørnvig kwam in deze periode van het jaar een tijdlang thuis met verschillende bolgewassen, hyacinten en tazetnarcissen, dat was nog vóór de schoolpsycholoog. De hele dag door lag ik toen op de bank in de zoetige stank van verrotte uien. Ik lag dan te kijken naar het spinnenweb aan het plafond boven de salontafel, dat helemaal zwart was door het roet van kaarsen. Putte verplaatst een stoel van de tafel naar de hoek bij de tuin, klimt erop en geeft de gespikkelde hangpotten water. John sluipt naar haar toe met de stang van de stofzuiger hoog in de lucht, duwt met het mondstuk tegen haar achterste, waardoor ze op de stoel staat te wankelen en zich met de waterkan naar hem omdraait. Haar ogen schitteren. Ze maakt aanstalten om water in zijn haar te gieten, hij doet een stap achteruit en struikelt bijna over de stofzuiger. Putte komt van de stoel naar beneden en loopt dreigend op hem af, hij gooit de stofzuigerstang neer en springt om haar heen, vangt haar met een brede greep van achteren. Schakelt de stofzuiger met zijn voet uit en klemt haar stevig vast waarbij ze begint te gillen, terwijl ze de waterkan met gestrekte arm vasthoudt. Hij pakt hem uit haar hand en zet hem vlak naast mij zo hard neer op tafel dat het water omhoog spat.

'Nu sluiten we vrede,' zegt hij tegen haar en hij trekt aan haar vlecht, en vervolgt met een knik naar de kruiswoordpuzzel: 'Drom.'

'O ja, dat was het,' zegt Putte, helemaal buiten adem.

'Ik zat me af te vragen of ik iets voor jullie kan doen,' zeg ik.

'Nee hoor, niks,' zegt Putte, nog steeds met opgewekte stem.

'Nu gaan we een echte kop koffie drinken,' zegt John.

Als we elk met een beker in onze handen op de bank zitten, John heeft ook zandcake op tafel gezet, horen we niet ver weg het zware geluid van een optrekkende bus. Gelijktijdig draaien we ons gezicht in de richting van het geluid, de kamer wordt donker op het moment dat de bus langsrijdt. Dan draaien we ons weer om naar de televisie, geen van ons zegt iets. Putte zet haar tanden in een plak zandcake.

11

Ik had zelf de groenblijvers geplant. Het was mijn eerste jaar met een tuin, dat was nog voor de *cottage-garden-golf* met lathyrus, pioenrozen en citroenlavendel. Ik hield niet van al te veel kleuren, en altijdgroene planten leken mij dé oplossing. Ik belde naar de kwekerij en gaf opdracht er wat te bezorgen.

Ik kocht thuja's, taxussen en een apenboom, de laatste legde gelukkig als eerste het loodje. De andere, kleine planten stonden in hun potten in de tuin dood te gaan. De eerste dag zette ik de planten neer waar ik van plan was ze in de aarde te zetten. De dag erna plantte ik het grote perk voor het huis vol, de grond was nat en zwaar. Ik maakte moddersporen bij het heen en weer lopen op de inrit. De derde dag raakte ik mijn belangstelling kwijt en tegelijkertijd begon het droogste najaar ooit. Alles verpieterde in de potten. Maar in het perk voor het huis groeide de beplanting tijdens dat najaar uitstekend, waarschijnlijk omdat de grond van het begin af aan zo nat was geweest.

Bjørnvig prees mijn perk. Zelf ontwikkelde ik de gewoonte om de andere kant op te kijken als ik de inrit opliep. Het huis naast ons had wit houtwerk in tegenstelling tot het onze. Ik kreeg Bjørnvig zover dat hij naar zijn ouwelui belde om toestemming te krijgen het onze wit te schilderen. Die toestemming kwam er. We kwamen niet verder met het plan. Ik kreeg een opwelling om rolgordijnen te maken en knipte al onze tafellakens door. Stuurde Bjørnvig naar de bouwmarkt voor zoomlatten en koorden. Verloor ook daarvoor de interesse. Later kreeg ik het idee om elke ochtend de grijze plaid voor het woonkamerraam te hangen.

Als Bjørnvig van zijn werk thuiskomt, haalt hij de plaid weg. Hij gaat met kranten of reclamefolders aan de salontafel zitten, hij heeft een zwak voor reiscatalogi. Als kind bracht hij elke zomer door aan het water, hij speelde dan zeven weken yahtzee met zichzelf in een bijgebouwtje. Tegenwoordig wil hij het allerliefst elke twee jaar alles verkopen en op goed geluk de wereld rondrijden in een camper. Dan kon ik elke ochtend achterin zitten en in alle rust schrijven. Rond lunchtijd zouden we elkaar dan ontmoeten tijdens een rustieke maaltijd met uitzicht op bergen en water.

Hij vraagt of ik heb gewerkt. Het is lang geleden dat ik heb gewerkt en het is lang geleden dat ik antwoord heb gegeven. Ik heb een houding aangenomen, ik kom zwaarmoedig van de bank omhoog en doe twee stappen. Ik kijk uit het raam naar de thuja's en de taxussen en in april naar de lelijke bloei van de forsythia's die gelukkig snel voorbij is. Een frisse voorjaarsstorm kan hier wonderen doen.

12

Het is donderdagochtend en alles is heel stil. Een uurtje geleden sloop John op zijn sokken door de woonkamer, in de keuken hoorde ik hem de koelkast open doen, er spullen uithalen en in papier inpakken. Een lichte geur van cervelaatworst. Een poosje later keek hij de kamer in en zag dat ik wakker was. Hij hief zijn zware lunchpakket omhoog om te groeten, vormde een paar woorden met zijn mond, slaap maar verder. Hij draaide zich om en verdween in de gang, de keukendeur ging open en dicht, vlak daarna het tuinhekje. Ik kroop naar het einde van de bank, keek tussen twee lamellen van de houten jaloezie door en zag hem wegfietsen. Het lunchpakket zat in een tas op de bagagedrager. Hij was snel uit zicht.

Vanaf dat moment heb ik liggen doezelen. Als de koelkast aanslaat, word ik wakker. Dan klinken er boven voetstappen, Puttes kleine voeten in skisokken. Ze loopt daarboven heen en weer alsof ze een vaste route volgt. Van de ene hoek van de kamer naar de andere hoek, daar waar het raam moet zijn. Blijft even staan. Dan weer terug. Vele malen. Ik kruip weer naar het einde van de bank en kijk tussen de lamellen door. Buiten gebeurt niets. Dan hoor ik haar op de trap. Ze doet voorzichtig de deur open en vraagt glimlachend: 'Hoi, heb je lekker geslapen?'

Ik knik en antwoord: 'Ja, dank je, en jij?'

'Ik had wat last van mijn nek vannacht. Maar nadat ik eindelijk in slaap was gevallen, sliep ik heel goed. Veel beter dan tijdens de storm.'

'Ja, het is hier nu heerlijk stil.'

'Nu heb ik het hele kabouterlandschap ingepakt. We hadden dat boven op de vensterbank staan. Het moet mee naar de tweedehandswinkel waar ik werk.'

'Moet het worden verkocht?'

'Ja, het is helemaal niet van mij. Ik heb het geleend van de eigenaresse van de winkel. Het zijn prachtige oude kabouters uit Oost-Duitsland, het zijn verzamelobjecten. Nu is het ongezien verkocht.'

'Waarom hadden jullie het op jullie slaapkamer?'

Ze rolt een keer met haar ogen en zegt: 'Ja, goeie vraag. John in een notendop. Heb je honger?'

'Ja, eigenlijk best wel.'

'Eerst moeten we het eens warm zien te krijgen, daarna een heerlijk ontbijtje.'

Ze ligt op haar knieën voor de kachel en steekt die aan. Het is duidelijk dat ze dat al vaak heeft gedaan. Haar handen zijn bezig met papier en regelschuif, het vuur krijgt al snel vat. Ze legt er een extra briket bovenop, de warmte verspreidt zich. Ze blijft een poosje voor de kachel zitten en kruipt dan achterwaarts naar de salontafel, voortdurend met haar gezicht naar het vuur toe. Zo zitten we een tijdje zonder dat een van ons een woord zegt. Vervolgens draait ze zich naar mij om en vraagt: 'Wil je echt graag naar het eiland?'

'Misschien.'

'Dat kan voor jou ook best heel eenzaam worden.'

'Dat geeft niet.'

'Telkens wanneer je je alleen voelt, mag je bij ons op bezoek komen.'

'Dat is lief van je.'

'Heb je genoeg gekregen van andere mensen?'

'Nee, dat is het niet.'

Ze kijkt weer naar het vuur. We kijken beiden naar het vuur.

'Is het eerder omgekeerd?' vraagt ze dan. 'Als dat het geval is, moet je weten dat wij je heel graag mogen.'

'Dankjewel, Putte.'

'Geen dank, hoor. Nu zullen we eens wat gaan eten.'

Ze zet water op voor de koffie en roostert brood terwijl ik mijn bed opruim. Ik leg het dekbed en het kussen in een hoek op de grond, vouw het laken en leg dat er bovenop. Leg de kussens van de bank op hun plek. Ze zijn genaaid van geel en wit velours. Ze komt binnen met een dienblad, zet bordjes en kopjes op de salontafel neer. Er is aardbeienjam, honing en een nieuwe pot Nutella.

'Wat ging John doen?' vraag ik als we zitten te eten.

'Hij moest naar iemand die Carsten heet. Hij heeft op het moment een klusje, hij helpt Carsten om een garage te bouwen. Hij doet vaak dingen voor hem.'

'Is het ver fietsen?'

'Twaalf kilometer heen en twaalf kilometer terug. Maar hij wil het graag. Daarna doet hij ook nog boodschappen, voordat hij naar huis komt.'

'Hoeveel werk jij eigenlijk?'

'Drie keer per week maar.'

'Kunnen jullie daar wel goed van leven?'

'Dat zullen we misschien wel moeten.'

'Ik had vroeger ook niet zoveel geld,' zeg ik.

Ze houdt plotseling op met kauwen en kijkt me aan. Ze zegt: 'O? Heb je dat nu dan wel?'

'Nee, zo is het ook weer niet.'

'Hoe zit het dan?'

'Ik kom oorspronkelijk uit behoeftige omstandigheden, zoals dat heet,' zeg ik en ik probeer opgewekt te klinken, maar geen van ons beiden lacht.

13

We gaan naar de honden. Putte heeft een overall voor me opgezocht. Ze zegt: 'Je hebt zelf gezien hoe ze tegen je opspringen, anders maken ze je mooie kleren stuk.'

Ze heeft het haar vandaag in twee vlechten en heeft een wollen muts over haar voorhoofd getrokken. Het staat Putte goed, ik leg mijn hand op haar schouder en zeg haar dat.

'Je ziet er leuk uit.'

Ze zet grote ogen op en zegt: 'Vind je? Ik zie eruit als een oude krant.'

'Nee, helemaal niet.'

'Ik lijk in elk geval op een man.'

'Nee, dat is absoluut niet waar.'

'Ja hoor, kijk maar eens.'

Ze trekt haar vlechten achter haar rug en fronst haar wenkbrauwen.

'Kijk, een lelijke man,' zegt ze en ze begint te lachen en ik lach mee.

'Nee, gewoon niet zo'n heel grote man,' zeg ik.

Ze wil me een paar laarzen lenen, maar ik wil graag mijn eigen laarzen aan. We draaien de deur niet op slot en gaan op pad, ze praat onder het lopen over van alles en nog wat, ze keuvelt, maar dan verschijnt er een fourwheeldrive vanachter het bos bij de bocht in de weg en ze onderbreekt zichzelf midden in een zin.

'Dat is toch nu nog niet,' zegt ze en ze schuift de mouw van haar overall omhoog, wil op haar horloge kijken, maar dat heeft ze vandaag niet om.

'Wie is dat?'

'Dat is Carsten. Voor wie John werkt.'

De fourwheeldrive rijdt op ons af, stopt, en een ongewoon slungelige man in metselaarskleding stapt uit. 'Ik moet je de groeten doen van John, hij is dus net aangereden,' zegt hij.

Putte struikelt bijna als ze naar hem toe loopt en vraagt: 'Wat is er gebeurd?'

'Hij was toch met de lottoformulieren onderweg? Het was vlak voorbij de molen. Bij de keerplaats. Iemand gooide vlak voor zijn fiets het autoportier open. Precies op het moment dat hij in volle vaart kwam aanrijden. Toen kwam hij voor een andere auto terecht. Hij ligt in het ziekenhuis van Næstved.'

'Nee-eeh.'

Ze stapt snel in de auto, de metselaar maakt een beheerste draai waarbij de fourwheeldrive helemaal op de akker terechtkomt, draait vervolgens terug de weg op en rijdt in de richting van het bos en verdwijnt achter de bomen.

Ik sta in mijn overall en kijk beide kanten op. Het is een mooie dag. De lucht boven de velden is helblauw, en in de verte achter het bos hangen de wolken in een brede band en zien eruit als bergen. Ik ruik de benzine van de fourwheeldrive. Het is alsof het geluid ook is blijven hangen, samen met dat ene woord van Putte: Nee-eeh.

Dan zit een dialect goed ingebakken, als een woord zelfs in zo'n situatie zo wordt uitgerekt. Ik sta een poosje op de weg, dan begin ik te lopen, mijn adem vormt een witte streep die afsteekt tegen de lucht.

Ik heb het volstrekt niet koud onder de overall. Hij is te lang voor me, sleept bijna over de grond. Mijn laarzen zijn lichtbruin en ongevoerd. Mijn tenen binnenin zijn behoorlijk stijf geworden. Ik loop de weg die we zouden zijn gegaan verder af, naar de boerderij van hun oom. Vandaag is het stil in de stal. Misschien blaften ze laatst tegen de storm. Al dat lawaai buiten, al die knallen, al dat geklapper en gerinkel. Maar nu is het hier echt heel stil.

Ik loop over het erf en kijk in de achtertuin. Er ligt een omgewaaide boom op het gazon, twee stukken touw, één blauw en één oranje, zijn volkomen in de boomtop verstrengeld geraakt. Het is een grote boerderijtuin met uitzicht over de velden. Er staat een opgedroogd vogelbadje midden op het gras. Ik draai me om en loop terug naar de stal. Als ik de deur opentrek, beginnen de honden te piepen. Ik loop meteen naar de kleine ruimte waar het voer staat, vul de emmer met mijn handen en draag de emmer naar het hok. Ze piepen nog luider en springen tegen het gaas aan om me te begroeten, hun lichtbruine oren zwaaien heen en weer.

'Hebben jullie honger?' vraag ik.

Ik durf het zelfs aan mijn hand naar binnen te steken en de ene hond boven op zijn kop te kloppen, de ander wil ook worden aangeraakt, ze gaan beide op hun achterpoten staan en stoten hun koppen tegen mijn hand en tegen elkaar, hun tongen hangen van welwillendheid uit hun bek. Het zijn brave honden. Dat zie ik.

Ik sta moed te verzamelen en stap dan bij ze naar binnen. Ze gooien me bijna omver, maar als ik het voer uit de emmer in hun schalen gooi, storten ze zich daarop. Een van de twee eet een klein beetje uit de emmer terwijl ik het voer in de bakken uitstort. Ze kunnen nog niet zo oud zijn, de manier waarop hun achterlijven bewegen heeft iets puppy-achtigs. Ze duwen tegen elkaar aan, de een zet zijn poten in het droogvoer. In het hok is een waterkraan. Terwijl ze aan het eten zijn, laat ik vers water in de grote waterbak lopen. Ik doe ook water in de emmer, dan ga ik weer naar buiten. Als ze al het voer hebben opgegeten, drinken ze met hun lange slobberende tongen.

'Goed zo,' zeg ik.

Ik draag de emmer de stal uit en loop het erf over. In de achtertuin leeg ik de emmer in het vogelbadje, waarbij het water naar alle kanten spat. Er lagen een paar kersenpitten op de bodem, die drijven nu bovenin. Ik loop naar de boerderij en kijk door een raam naar binnen. De vensterbank staat vol met sprietige geraniums die aan het overwinteren zijn. Er staat een bank met een versleten, wollen bekleding onder het raam. De zon schijnt er in een brede strook overheen.

Als ik weer op het erf terug ben, komt er een man op de hoofdweg aanfietsen. Hij zwaait naar me en draait de onverharde weg naar de boerderij op. Ik sta met de lege emmer te wachten terwijl hij dichterbij komt. Het is Ibber. Nu blaffen de honden. Hij zet de fiets tegen een boom aan en loopt naar me toe.

Hij vraagt: 'O, zijn jullie hier nú? Het was anders mijn beurt vandaag.'

Ik loop op hem af en antwoord: 'Nee, ik ben alleen, Putte is naar Næstved, John is aangereden.'

'Hij is wat?'

'Aangereden. Een metselaar kwam Putte ophalen.'

'Nee maar, wat is er dan precies gebeurd?'

'Het gebeurde bij een keerplaats. Ik weet niet hoe erg het is, maar de metselaar leek redelijk rustig.'

'Weet je of ze haar mobiel bij zich heeft?'

'Ik geloof eigenlijk van niet.'

Hij haalt zijn eigen mobieltje uit zijn zak, toetst een paar keer, draait me de rug toe en loopt een paar stappen naar voren zonder iets te zeggen. Dan draait hij zich om, schudt zijn hoofd en zegt: 'We hebben hier geen goed bereik.'

'Hebben de honden eten gehad?' vraagt hij, terwijl hij het mobieltje in zijn zak terug stopt.

Ik knik en antwoord: 'Ja, ik heb ze net eten gegeven.'

'Weet je hoe je ze moet uitlaten?'

'Dat denk ik wel.'

'Je kunt ze gewoon op het land hiernaast laten rennen. Een halfuurtje of zo. Binnen op de vrieskist ligt een fluitje, dat moet je gebruiken om ze bij je terug te krijgen.'

'Dat zal ik doen.'

'Ik rij naar Næstved. Ik neem de fiets en dan de bus. Red jij je hier wel?'

'Ja, dank je.'

Dan loopt hij dicht naar me toe, staart naar een punt bij mijn schouder op de overall en kijkt daarna even met zijn heldere blik in mijn ogen.

'Ik kom terug,' zegt hij.

'Dat is goed,' zeg ik.

Als ik hem niet meer kan zien fietsen op de hoofdweg, loop ik de stal in en pak ik het fluitje uit de kleine ruimte achterin. Ik stop het in mijn zak en stap de deur uit aan de achterkant van de stal, zoals ik John dat laatst zag doen. Ze komen al springend de ren binnen, en nadat ik het hek open heb gedaan, schieten ze naar buiten en stuiven er vandoor naar het land achter de sparrenbomen.

Ik loop achter ze aan. Ik kijk hoe ze zich bewegen. Ze vinden het niet voldoende om alleen maar te rennen en te snuffelen, af en toe moeten ze ook omhoog springen. Hun lijven zitten vol energie. Ik sta me af te vragen hoe lang ze dat volhouden. Ik besluit ze zo lang te laten rennen tot ze uit zichzelf stoppen. Maar ze stoppen niet. Een paar keer komt een van hen naar me toe en snuffelt aan mijn hand, vervolgens gaat hij er weer pijlsnel vandoor. De overall is warm en prettig. Ik blijf meer dan een uur zo staan, dan blaas ik op het fluitje en de honden gehoorzamen meteen.

Op de terugweg blijf ik de twee honden op het land voor me zien. Iets aan ze heeft me opgevrolijkt. Ik heb geen idee wat het is. Ik begrijp niet waarom het zo moeilijk voor me is om één ding met iets anders te verbinden. Ik heb geen speciale gevoelens voor honden. Ik vraag me af waar ik wel speciale gevoelens voor heb. Ik vond het zielig voor Putte toen ze over het ongeluk van John hoorde. Maar over hem maak ik me niet zoveel zorgen. Ik voel dankbaarheid voor de manier waarop ik onderdak heb gekregen. Maar ik voel niet echt iets als ik denk aan waar ik vandaan kom. De onverstoorbaarheid van de metselaar ergerde me. Dat begrijp ik niet. Ik heb de honden gelucht en moet nu teruggaan. Ik weet niet wat ik anders zou moeten. Misschien is het vanwege dat fluitje.

14

Bjørnvig speelt samen met de schoolpsycholoog in een gezelligheidsbandje, elke donderdag jammen ze in een lokaal onder het gemeentehuis. De vrouw van een van de andere muzikanten is sociaal werker, zij heeft voor de faciliteiten gezorgd. Ze is een kleine, actieve vrouw in een folklorerok. Ze doet denken aan iemand die altijd net van haar fiets is gestapt. Wat ook het geval is. Een zwarte haarlok hangt op haar voorhoofd, ze blaast hem continu weg. Verder ziet haar kapsel eruit als een helm. Ze was juist voor de etalage van de boekhandel afgestapt, toen Bjørnvig en ik met een wegenkaart bij de kassa stonden. Bjørnvig vergat helemaal te betalen, hij heeft een zwak voor actieve, donkerharige vrouwen. Hij bepleit zijn pure liefde voor mij door mijn volledig tegengestelde eigenschappen te benadrukken.

In het vroege voorjaar liet Bjørnvig de schoolpsycholoog een bezoek aan me brengen. Ik had maanden op de bank gelegen, er was niet veel dat me deed opstaan. Ik las geen boeken en luisterde niet naar de radio. Ik keek wat tv, wat niet veel denkkracht vereiste, en ik at gevulde koeken en cocktailworstjes uit blik. In de loop van de week kwam het huis onder het stof te zitten. De parketvloeren waren een puinhoop en op de fineerdeuren zaten overal mijn vette vingers. Als ik over de wasbak gebogen stond, dacht ik altijd aan het woord 'rouwrand'. Ik voelde me niet verdrietig. Het voelde eerder een bevrijding om alles te laten waaien. Een paar keer werd ik 's ochtends wakker met een schitterend, nieuw idee. Maar als ik met een vel papier op de bank ging zitten, overleefde het maar een paar regels. Het zei me niets. Bjørnvig zei me ook niets. Niets zei me nog iets, maar toen stond op een dag de schoolpsycholoog in zijn T-shirt voor de deur. Ik liet hem binnen en maakte een stoel voor hem vrij. Ik vroeg me af of hij van het drummen zulke gespierde bovenarmen had gekregen. Hij nam een gevulde koek en glimlachte naar me. Hij vroeg of er iets was waar ik over wilde praten. Ik wist niet wat ik moest antwoorden. Ik wilde graag met hem praten, maar niet over iets in het bijzonder. Hij had de gevulde koek in twee happen op en vertelde over zijn ex-vriendin. In haar studententijd had ze in een koekfabriek gewerkt, waar ze nou uitgerekend gevulde koeken maakten. Na een paar maanden waren haar kleren zo gaan knellen dat ze haar ontslag had moeten nemen, omdat ze meer geld aan kleding kwijt was dan dat ze met werken verdiende. Ze kon niet van de koeken afblijven. We kunnen ons in de meest absurde situaties manoeuvreren, doordat we onze verschillende driften niet weten te sturen. Hij had mijn boeken gelezen en vond ze echt heel interessant. Al die gevoelens, die er niet zijn, zei hij. Hij keek me lang en diep in de ogen. Bjørnvig kwam een halfuur later thuis en bracht ons koffie. Toen

hij in de keuken was om melk te halen, keek de schoolpsycholoog me weer heel lang en diep in de ogen. Bjørnvig had een slagroomschnitt gekocht. Ik vond dat nogal
idioot, die slagroomschnitt. Ik verontschuldigde me er
bijna voor, Bjørnvig keek me onbegrijpend aan. Hij sneed
het gebak aan met de rug naar me toe, zijn broek had een
beetje een hangkont.

De schoolpsycholoog begon regelmatig bij ons thuis te
komen, officieel elke maandag. Na een paar keer kwam
hij bij me op de bank zitten. We hadden veel over zijn familie gepraat, hij was nog jong toen hij met zijn ouders
brak, zijn vader was burgemeester van een provinciestad-
je aan zee geweest. Nu was zijn vader dood en de schoolpsycholoog berouwde zijn koppigheid. Maar zo was het
met veel dingen. Hij trok een lege stoel voor zich en begon er tegen te praten alsof het zijn vader was. Vervolgens lachten we, en daarna was de stoel Bjørnvig, maar
ik kon niets bedenken wat ik er tegen moest zeggen. Helemaal niets. Ik zat heel lang muisstil naar de stoel te kijken. Nu voelde ik me verdrietig. Ik stond op, schoof de
stoel weg en liep naar de badkamer. Stond over de wasbak gebogen. Toen ik weer binnenkwam had hij verse koffie gezet en de salontafel een beetje opgeruimd. Al snel
werd er weer gelachen in de woonkamer.

Bjørnvig merkte de zichtbare verbeteringen, ik begon
weer boeken te lezen en naar de radio te luisteren, af en
toe liep ik ook voor het avondeten in de tuin rond. Een
tijd lang droeg ik ook mijn huispak niet en ik bestelde

van alles via postorderbedrijven, schoenen, rokken en blouses. Pumps met hoge hakken. Ik werkte nog steeds niet, maar ik zat vol goede voornemens. Slechts een enkele keer lag ik de halve nacht wakker en hersenspoelde ik mezelf met steeds dezelfde zin: de race is gelopen.

15

Ik ben nu alleen in het huis en ik voel me een inbreker. Om dat gevoel tegen te gaan leeg ik mijn koffer op de salontafel. Leg de inhoud op geordende stapels, leg die daarna weer terug in de koffer, op een zwarte blouse na waar een witte vlek op zit, vast en zeker tandpasta. Ik loop naar de keuken en wrijf met een vaatdoek over de tandpastavlek, en hang de blouse op de rugleuning van een stoel te drogen.

De resten van een paar briketten smeulen in de kachel. Ik open het deurtje en leg drie briketten op de gloeiende resten en doe het deurtje weer dicht. Het vuur wil maar niet op gang komen. Ik zit te wachten en open dan het deurtje opnieuw. Een vieze padvinderslucht stroomt naar buiten. Ik doe het deurtje snel weer dicht en denk opeens aan de regelschuif aan de onderkant, zet die verder open, totdat er eindelijk een luchtstroom door de schoorsteen te horen is en de briketten met prachtige oranje vlammen beginnen te branden.

Ik zit in de leunstoel naar het vuur te kijken. Ik heb honger, maar ik weet niet wat ik zal eten. Ik pak een oude plaatselijke krant onder de salontafel vandaan, blader erin, leg hem weer weg. Zet de tv aan en zet die weer uit. Val op de bank in slaap en doe een lang, zwaar middagdutje. Word wakker en maak een kop koffie, drink die bij het aanrecht op.

Een paar uur later heb ik de kist ondersteboven gekeerd en zit ik aan de eettafel met een spel met pinnetjes. Het ziet er zelfgemaakt uit, misschien heeft John of Putte het ooit een keer bij een handenarbeidles gemaakt. Een breed kruis van kleine pinnetjes, waarvan er uiteindelijk eentje in het midden moet overblijven. Ik ben er niet goed in. Er zijn voortdurend ten minste vijf pinnetjes over aan beide kanten. Maar het is toch heel ontspannend om het te spelen. Ik speel het acht keer en geef het dan op. Leun achterover op de stoel, kijk naar het plafond, kijk naar de grote duisternis boven het hek in de achtertuin. Ik heb het spel net op zijn plek teruggelegd en de kist dichtge-daan als er hard op de deur wordt gebonkt. Het is Ibber. Hij leunt met één hand op het stuur van zijn fiets en met de andere houdt hij een grote pizzadoos in evenwicht. Hij zegt: 'Alles in orde, het is niet zo erg. Ze hebben hem aan zijn dij geopereerd, er waren een paar pezen gescheurd. Verder houden ze hem ter observatie in verband met een mogelijke hersenschudding. Ik moest je de groeten doen. Hier.'

Hij overhandigt me de doos, er stijgt een pizzageur uit omhoog.

'Wat vreselijk zeg,' merk ik op.

'Ja, maar het had veel erger kunnen zijn. Het gaat uit-stekend met hem.'

'Is Putte nog in het ziekenhuis?'

Hij knikt en zegt: 'Ja, ze slaapt vannacht bij Eskild. Bij vader. Hij woont vlakbij.'

'Hoe ben je met dit ding thuisgekomen?'

De pizzadoos dampt in mijn handen.

'O, iemand heeft me gebracht. De man die je vanochtend hebt gezien.'

'Die metselaar?'

'Ja, Carsten. Hij kan een fiets achterop hebben. Die hebben we bij de rotonde meegenomen.'

'Heb je zelf al gegeten?'

Hij glimlacht, schudt het hoofd en zegt: 'Nee, ik dacht dat we dit ding konden delen. Hij was eigenlijk voor ons allebei bedoeld.'

'Nou, kom dan toch binnen, Ibber,' zeg ik, hoewel het verkeerd voelt om én die naam te gebruiken én hem binnen te vragen in een huis dat hij veel beter kent dan ik.

'Ik haal thuis even een fles wijn op. Heb je geen zin in een glas wijn?'

'Ja hoor.'

'Na zo'n dag. Ik ben zo terug.'

'Oké.'

Ik laat de deur op een kier staan en loop met de pizzadoos naar de keuken, pak twee borden en twee glazen uit de kast. Ik laat die op het aanrecht staan, loop naar de kamer en leg nog een briket in de kachel. Steek de blokkaars op de tv aan, maar blaas die uit. Ik ga naar de keuken en haal de borden en de glazen, breng die naar de salontafel. Als ik de blokkaars weer aansteek, hoor ik de voordeur dichtgaan. Ibber komt met een glimlach op zijn gezicht de kamer binnen.

'Wat heb je het gezellig gemaakt,' zegt hij.

'Vind je?'

'Ja, je hebt kaarsen aangestoken.'

Hij knikt naar de tv, vervolgens loopt hij naar de boekenkast en haalt een kurkentrekker uit een doosje op de bovenste plank, maakt met een plopgeluid de fles wijn open en schenkt voor ons in. Ik sta ernaar te kijken en daarna haal ik de pizza.

'We hebben geen bestek nodig, alleen een paar servetten,' roept hij naar me.

We zitten aan de salontafel te eten. Hij praat over John in het ziekenhuis, misschien moeten ze hem nog een keer iets hoger aan zijn dij opereren, dat weten ze nu nog niet. John nam het natuurlijk zoals gebruikelijk zeer opgewekt op, had al een grap uitgehaald met een van de zusters, had melk in een ondersteek gegoten, iets wat voor Putte wel vervelend was geweest.

'Ze was natuurlijk behoorlijk geschrokken,' zegt Ibber.

'Dat is heel begrijpelijk.'

'Ja. Ik breng haar morgen wat kleren, ze slaapt waarschijnlijk dit weekend bij Eskild.'

'Dat is logisch.'

'Je moet maar gewoon doen of je thuis bent, moest ik tegen je zeggen.'

'Dankjewel.'

De pizza smaakt prima. We rollen de stukjes ervan op en eten met onze vingers. Het is een pizza met salade en dressing, de dressing drupt ervan af. Ik heb erg veel honger. Als Ibber uitgegeten is en achterover leunt, neem ik nog een stuk. We hebben bijna niets van de wijn gedronken. Het is een rode wijn uit Bulgarije, hij smaakt een beetje spiritusachtig. Ibber zit met zijn glas in zijn hand.

'Putte zegt dat je in het huis op het eiland gaat wonen,' zegt hij.

'Is het een huis? Ik dacht dat het een hutje was.'

'Nee, het is een bakstenen huis. Een heel kleintje. Pilegård heeft het jaren geleden gemaakt van wat restmateriaal, dat was na een grote verbouwing op de boerderij. Ik weet niet wat hij er mee wilde. Misschien was het voor zijn kinderen bedoeld. Ik geloof niet dat het ooit is gebruikt.'

'Ben je er wel eens geweest?'

'Nee, maar ik heb het vaak vanaf het water gezien.'

'Vaar jij?'

Hij glimlacht en antwoordt: 'Nee, ik zwem. Bij vlagen. Ik zwem naar een van de boeien achter het eiland en weer terug. Dat is een heel mooie tocht. Je kunt daarbij je hoofd helemaal leegmaken.'

'Dat kan ik me goed voorstellen.'

'Ja.'

'Wat doe jij verder? Behalve de radio?'

'Hetzelfde als John. Daarom ken ik Carsten ook. Ik doe verschillende opdrachten voor hem. De mensen laten op het moment veel doen. Volgende week gaan we een paar vloeren leggen in de city.'

'Waar zeg je?'

'Ja, in de hoofdstad.'

'Ah, oké. Ben je een gediplomeerd vakman?'

Hij lacht weer, schudt zijn hoofd en antwoordt: 'Nee, ik heb geen opleiding. Ik heb allerlei dingen gedaan. Ik ben ook vele jaren ziekenbroeder geweest.'

'In het ziekenhuis van Næstved?'

'Ja, tot een paar jaar geleden.'

Hij snuift even en wrijft zich in het gezicht, hij heeft heel slanke vingers met korte nagels. Misschien bijt hij erop, ze zien er aan de rand wat oneffen uit.

'Heb je daar Katrine ontmoet?'

'Ja. Wil je nog wijn?'

'Ja, graag. Hij smaakt uitstekend.'

'Hij is absoluut voortreffelijk,' zegt hij glimlachend.

Als ik een poosje later naar het toilet ga, zie ik dat ik aardig wat meel van de pizza om mijn mond heb. Ik veeg het weg en was mijn handen grondig. Ik voel de wijn in mijn hoofd suizen. Ik denk aan Ibbers zwemtochten, dat hij helemaal naar de andere kant van het eiland zwemt. Hij heeft een paar gespierde bovenarmen. Bjørnvig is ook een geoefende zwemmer, zijn lange lichaam schiet gewoon door het water. Ik zat een keer op het strand met een sigaret en kreeg een zandkorrel in mijn mond toen hij aan het zwemmen was. Hij dook op uit het water en verdween weer, korte tijd later dook hij een heel stuk verder pas weer op. Dat bleef zo lange tijd doorgaan, zijn lichaam was elke keer in een oogwenk op een nieuwe plek. Toen hij uiteindelijk uit het water kwam en zijn handdoek naast me neergooide, was hij buiten adem en proefde hij zo zout dat ik het idee had dat ik nog nooit zoiets had geproefd. Ik bleef maar zandkorrels in mijn mond krijgen en ik drukte de sigaret uit, vlak naast zijn hand in het zand.

Ibber staat in de keuken. Hij doet de pizzadoos dicht en maakt hem helemaal plat, vouwt hem een keer dubbel en nog een keer. Hij stopt hem in de afvalzak en neemt die mee naar de vuilniscontainer in de achtertuin. Ik zie hem in het licht dat vanuit de kamer komt. Ook vanavond is het weer helder. Hij legt daarbuiten zijn hoofd in zijn nek, hij weet heel goed dat ik naar hem sta te kijken. Dan draait hij zich met een ruk om, springt het trapje bij de deur op en komt met een vlaag koele lucht het huis binnen. Ik sta bij de sanseveria's in de vensterbank, hij blijft vlak achter me staan en vraagt terwijl hij me op de schouder tikt: 'Ik kan morgen wel wat boodschappen voor je meenemen, wat heb je nodig?'

'Dat kan ik nu niet goed overzien,' zeg ik met een stem

die buiten mijn suizende schedel enigszins galmt.

'Zeg het maar gewoon als je iets nodig hebt, ik lever op alle fronten,' zegt hij en hij loopt naar de andere kamer, legt een paar briketten in de kachel en veegt zijn handen af aan de versleten spijkerbroek.

16

Bjørnvig had zijn opleiding nooit willen doen. Hij wilde muzikant worden, want hij kon goed keyboard spelen. Hij schreef ook haiku's en wist ze in tijdschriften geplaatst te krijgen, hij had een hele koffer vol teksten staan. Hij liep in antracietkleurige kostuums uit een winkeltje in tweedehandsspullen in Korsør, ze stonken naar Old Spice en pommade, zelfs na een keer reinigen en strijken bij een wasserette. Zijn eigen haar was kort toen dat van alle anderen lang was, en niemand zei daar ooit iets van. Hij verhuisde naar een kamertje en leefde van voorgebakken pistolets die hij op de radiator opwarmde. Af en toe stonden zijn ouwelui voor de deur met een gebakken scholletje. Als hij veel honger had, at hij dat. Andere keren deed hij alsof hij niet thuis was. Hij lag op zijn matras met het dekbed over zijn hoofd getrokken. Veel meisjes werden verliefd op hem. Hij had nooit in de gaten dat ze iets wilden. Ze kwamen hem tegen in cafés of misschien in de bibliotheek. Hij stond in zijn dichtgeknoopte, antracietkleurige kostuum en bekeek alles door twee donkere oogspleten. Hij had een heel knap gezicht. De eerste keer dat hij écht verliefd was, werd hij gedumpt. Dat kwam hard bij hem aan. Daarbij begon hij zwaar ondervoed te raken. Hij zat thuis aan het kerstdiner zonder één woord te zeggen. Uiteindelijk barstten zijn ouwelui in tranen uit bij het toetje, waarop Bjørnvig van tafel opstond en naar Kopenhagen vertrok. Hij trok in bij een vriend uit zijn middelbareschooltijd. Hij had allerlei verschillende baantjes om aan de huur te kunnen meebetalen. Op een dag, terwijl hij een tegelvloer zat te schuren, kreeg hij het idee dat hij een opleiding kon gaan doen. Uitsluitend om studiefinanciering te krijgen en meer tijd te hebben om muziek te maken en te schrijven. Toen hij een studie moest kiezen, kon hij het niet laten zijn examengemiddelde zo goed mogelijk te benutten. Dus werd het medicijnen, en iets aan de studie greep hem. Hij bleef het echter steeds als een overbrugging zien. Maar op zekere dag was hij klaar met zijn laatste coschap. Dat was in Sønderborg, waar hij een mooie woning had. Toen kwam de fysiotherapeute. Later kwamen de scheiding en de verhuizing, en het idee om de rest van zijn leven alleen te zijn. Toen kwam ik en ik betoverde hem, daar werd hij bij de neus genomen. Vooral toen ik nog steeds met mijn gazontrimmer in de weer was. Hij nam me op met een videocamera, ik heb zelden zoiets weerzinwekkends gezien. Alle randjes tot vervelens toe getrimd, en maar weinig glimlach rond die mond.

17

Het is vrijdag en ik heb Ibber beloofd voor de honden te zorgen. Hij is naar de rotonde gefietst en heeft de bus naar Næstved genomen.

Zodra ik in mijn overall onderweg ga, wenkt Elly me. Ze staat bij het raam en schuift haar vitrage een stukje opzij, alsof ze me heeft verwacht. Ik glimlach naar haar en maak een gebaar dat ik naar binnen kom.

De deur is open. Ik rits mijn laarzen open en laat ze achter in de entree, loop naar haar toe. Ze zit op de divan. Ik heb het idee dat ze daar 's nachts op slaapt. Aan het ene einde ligt een opgerolde gewatteerde deken. Haar prachtige grijze haar wekt de indruk dat het net is gekamd, er zitten nog strepen van de kam in. Ze kijkt schuin omhoog naar me, glimlacht en zegt: 'Dag, Bente. Mooi dat we weer stroom hebben, hè? We realiseren ons helemaal niet hoe goed we het hebben.'

'Nee, dat is waar.'

'Red jij je daar wel?'

'Heb je het al gehoord?'

'Ibber belde me vanochtend. Dat is toch ook vreselijk, zeg. Wil je koffie?'

'Nee, dank je.'

'Dan nemen we een madera. Wil je die fles daarginds pakken?'

'Daar beneden?'

'Ja, daar aan de rechterkant. De glazen staan erboven.'

'Deze?'

'Juist, die. Dan zitten we even bij elkaar. Neem jij die maar.'

Ze gaat op het uiterste randje van de divan zitten. Die kraakt, hoewel Elly niet veel meer dan veertig kilo kan wegen. Ze heft haar glas, als ik het heb gevuld. We proosten met elkaar.

'Dit is het enige wat de moeite van het drinken waard is,' zegt ze terwijl ze naar de fles knikt. Ze zet haar gerimpelde lippen tegen het glas, vult haar mond en slikt. Ze zegt: 'Aah. John neemt die altijd voor me mee. Dus.'

Ze zet het glas op het randje van de tafel. De madera trilt in het glas.

'Ik zat eraan te denken dat Ibber zei dat John bij de keerplaats was aangereden,' zegt ze.

'Ja.'

'Weet jij of hij met de lottoformulieren onderweg was, of dat hij ze al had ingeleverd?'

'De lottoformulieren?'

'Mm.'

'Nee, dat weet ik eerlijk gezegd niet.'

'Hm. Tja.'

'Ik weet niet precies waar de keerplaats ligt ten opzichte van de kiosk.'

'Ja, die ligt ervoor als hij van Carsten komt. Maar dat zegt nog niks.'

'Nee.'

'De vraag is of hij van voren of van achteren is geraakt.'

'Ik weet het niet.'

'Nee. Nou, dan moet ik Eskild vandaag maar bellen en het hem vragen. Hoewel, enzovoorts.'

'Ik kan het aan Putte vragen als ik haar spreek. Ze belt vast en zeker nog vandaag.'

'Ach, die heeft wel andere dingen aan haar hoofd.'

'Jawel, maar ik zal vragen of ze zijn ingeleverd. Dan heeft John je deelnemingsbewijzen ook vast ergens.'

'Die kunnen na dat ongeluk ook best in heel slechte staat zijn.'

Ze fluit een keer hard en beweegt zonder te kijken haar ene hand naast zich op de divan heen en weer, grijpt een pakje sigaretten onder een kussen vandaan, tikt er een sigaret uit en brengt die naar haar mond.

'Ik bedoel vooral dat als hij ze nog níet had ingeleverd. Dan moet dat uiterlijk morgen,' zegt ze vanuit haar ene mondhoek.

'Dat kan ik toch vragen,' zeg ik.

'O, denk je dat? Ja, als jij dat vindt.'

'Dat zal ik wel doen.'

'Nou, dat is dan afgesproken. Wil je er nog eentje? Of moet je nu misschien naar de honden?'

'Ja, daar moet ik nu echt heen. Nee, dank je.'

'Dat dacht ik wel. Maar je kunt hier toch nog wel één sigaretje lang blijven zitten? Is er al nieuws over het eiland?'

'Nee, dat staat nu op stand-by.'

'Waar staat het op, zeg je?'

'Dat moet even wachten.'

'Nou ja, tijd, dat hebben we genoeg.'

Als ik even later buiten op straat sta en mijn sjaal strak om mijn hoofd bind, heb ik een smaak van nicotine of tabak in mijn mond, alsof ik zelf gerookt heb. Het is vijf jaar geleden dat ik ben gestopt. Ik stel me voor hoe het voor Bjørnvig moet zijn geweest om mij te zoenen. Dat moet hebben geproefd zoals mijn mond nu proeft. De eerste keren was zijn mond zo'n enorme verrassing voor me. Ik had net een kortstondige relatie gehad met een tapijtverkoper zonder lippen, Bjørnvig was iets totaal anders. Verscheidene malen liet ik mijn eigen tong langs mijn verhemelte gaan, zoals hij dat de eerste keer had gedaan. Daarbij slikte ik mijn kauwgom door als de eerste de beste tiener en kreeg ik vervolgens bijna mijn voet onder een stadsbus, lijn 14 naar de Ålekistevej.

Ik steek schuin de weg over, alsof ik naar het water wil, maar in plaats daarvan loop ik langs de twee huizen tegenover dat van Elly. In het eerste liggen de vensterbanken vol mosselschelpen, en op een brits in de kamer liggen in elkaar gevouwen dekbedden zonder hoes. In het volgende huis zijn de gordijnen dichtgetrokken. Er hangt geen afvalzak in de beugel naast de voordeur. Ik loop door de achtertuin en kom uit op een stuk weiland met aangeplante berken, overal liggen grote en kleine takken in het gras, één stam is geknakt en ligt half over een gigantische boomstronk.

Ik ga naast de stam op de boomstronk zitten. Er hangt een sterke geur van zout water en zeewier, het water is volslagen stil, grijzig, of het is de lucht die zich erin weerspiegelt. Ik kan me niet herinneren hoe dat ook alweer in elkaar zit. Er hangt een vochtige kou in de lucht die helemaal niet onaangenaam is. Een flink eind uit de kant drijven een paar zwarte vogels op het water.

Het is toch te koud om zo te zitten. Ik ga staan en loop verder door het stuk weiland naar de hoofdweg. Ga naar de honden, laat ze lang uit, geef ze eten, praat tegen ze. Het lijkt alsof ze al aan me gewend zijn. In de achtertuin maak ik de blauwe en oranje touwen los uit de top van de omgevallen boom en rol die netjes op. Als ik naar de vervallen bank loop om ze daar neer te leggen, onder het keukenraam dat uitkijkt op het erf, rijdt de dagelijkse bus aan het eind van de onverharde weg langs. Dan is het bijna drie uur.

18

De rest van de middag voer ik vele telefoongesprekken. Eerst belt een vrouw die Anne Grethe heet en die Putte wil spreken. Ik wil vertellen wat er is gebeurd, maar dat weet ze al. Het blijkt de vrouw te zijn voor wie Putte vrijdag, zaterdag en zondag werkt. Ik beloof Putte te vragen haar te bellen, als ik haar spreek.

Dan belt Ibber. Hij wil horen of ik al weet wat hij voor me moet meenemen. Of ik van rundersteak hou en of er nog kaas moet zijn. Ik weet dat dat nodig is, want bij het ontbijt heb ik het laatste stukje opgegeten op een sneetje casinobrood. Hij zegt dat hij ook koffie en aardappels zal kopen.

Van het gesprek met Ibber krijg ik vreselijke honger. Ik loop naar de keuken en gooi een blik witte bonen in tomatensaus in een pan en zet die op het fornuis, maar als het eten warm is en ik heb opgeschept, belt Elly. Ze wil weten of ik al iets van Putte heb gehoord.

'Nog niet. Ik zal je het laten weten.'

'Wil je niet even hierheen komen? Er is geen enkele reden om allebei in ons eentje te zitten.'

'Ik moet hier blijven voor het geval Putte belt.'

'O, ja. Nou ja, kom dan maar meteen nadat ze gebeld heeft. Ik heb makronen in de vriezer.'

Een halfuur later belt Putte. Ik ben net op de bank gaan liggen, nadat het me gelukt is de kachel aan te krijgen. Het vuur buldert heerlijk. Ik heb het dekbed over me heen getrokken en lig naar de kruiswoordpuzzel van laatst te staren.

'Red jij je wel? Wel vervelend voor je dat je nu helemaal alleen moet zijn,' zegt Putte.

'Maak je daar maar helemaal niet druk om. Hoe gaat het met hem?'

'Je kent John,' zegt ze. 'Hij ligt voortdurend te dollen. Ibber was hier vandaag ook nog, en mijn vader, natuurlijk. Mijn oom is heel blij, hij ligt op de afdeling ertegenover. Dus dat is voor hem lekker handig.'

'Moet John nog opnieuw worden geopereerd?'

'Dat denk ik niet. Ik denk dat we maandag allemaal thuiskomen. Eet je wel wat?'

'O, ja hoor.'

'Ibber vertelde dat je ook bij de honden bent geweest.'

'Ja.'

'Dat is echt heel lief van je.'

'Putte, er heeft iemand voor je gebeld. Die vrouw voor wie jij werkt. Anne Grethe.'

'Ik weet wat ze wil. Ik heb haar gesproken.'

'Mooi.'

'Het gaat om het kabouterlandschap. Ze komt het morgen voor openingstijd ophalen. Wil jij het aan haar geven? Het ligt boven in een doos op het bed.'

'Doe ik.'

'Dank je wel. Ik had nu eigenlijk op mijn werk moeten zijn, maar ik heb vrij gekregen.'

'Dat moest er ook nog bij komen.'

'Ja, misschien. Ik moet nu ophangen. We gaan in de kantine gebakken spek eten, dat is het dagmenu. Wat een mazzel, hè? Met pudding na.'

'Doe ze de hartelijke groeten.'

Als we afscheid hebben genomen loop ik voor de eerste keer naar boven. Het is een steile trap met vloerbedekking, die aan de rand van elke trede enigszins versleten is. Er zijn vier kleine kamers. Het verbaast me, ik had niet gedacht dat het er zoveel zouden zijn. De kleinste is meer een rommelkamer, die is volgestouwd met jassen, sporttassen en verbleekt beddengoed. Er hangt een lange astrakanpelsjas op een hanger aan de muur. Ik kan me Putte daar maar moeilijk in voorstellen. In de kamer ernaast staan twee luidsprekers aan beide kanten onder de schuine wand geklemd, achterin staat de installatie op een salontafeltje. Er staan een heleboel elpees in melkkratten op de grond.

De derde kamer is leeg, en in de slaapkamer staat de doos inderdaad op het bed. Hij zit vol kaboutertjes, huisjes en een kerkje die sierlijk in zijdepapier zijn ingepakt. Ik doe het deksel dicht en breng de doos naar de woonkamer, zodat hij klaarstaat voor morgen.

Ik heb mijn tanden gepoetst en mijn bed op de bank op-
gemaakt, maar net als ik wil gaan liggen gaat de telefoon
opnieuw. Het is Elly.

'Wanneer kom je nou?' vraagt ze. 'Ik heb de makronen
ontdooid.'

'Weet je, Elly, ik wil net naar bed gaan. Het is een lange dag geweest.'

'Ja, maar er zit kokos in, hoor.'

'Ik kom morgen wel langs.'

'O, oké. Nou, dat is dan afgesproken.'

'Ja.'

'Heb je nog nieuws over, je weet wel?'

'Ja, die zijn hoogstwaarschijnlijk ingeleverd.'

'Hoogstwaarschijnlijk?'

'Ik weet het morgen helemaal zeker.'

'Heb je dan niet met Putte gesproken?'

'Jawel, maar ze moest het even navragen.'

'Goed. Nou, slaap lekker dan.'

'Insgelijks, Elly.'

Ik val in slaap tijdens een programma over onopgeloste
misdrijven, word een paar uur later wakker en blijf lang
liggen zonder me ertoe te kunnen bewegen de tv uit te
zetten. Het is nu heel warm in de kamer, de kachel geeft
een oranje schijnsel en ik schop de deken van me af en
wapper met mijn handen voor mijn gezicht. Ten slotte
sta ik op en zet ik de tv uit, trek een van de houten jaloe-
zieën omhoog en zet een raam aan de straatkant open.

Ik lig op de bank te luisteren. Er klinkt een stil, ritmisch ruisen van de zee. Een droge lucht stroomt door het raam naar binnen. Ik vraag me af hoe lucht zo droog kan aanvoelen als hij van zee afkomstig is, maar dat moet vanwege de kou zijn. Het is net boven het vriespunt.

Ik koel mooi af, maar nu lig ik en moet ik me ertoe zetten om het raam dicht te doen. Dat is moeilijk. Ik trek het dekbed over me heen en leg mijn hoofd op verschillende plekken op het kussen neer. Het kussen is goed gevuld en geeft op een aangename manier mee. Ik vind dat ik heel goed lig. Volgens mij heb ik bijna nog nooit zo goed gelegen. Het is de combinatie van hoofdkussen, het stille ruisen van de zee en temperatuur. Plus de droogheid van de lucht. Ik besluit om zo in slaap te vallen, met het raam open. Net als ik die beslissing heb genomen hoor ik een onbekend geluid. Een doffe dreun bij de voordeur.

Dan is het afgelopen met lekker liggen. Ik luister. Het geluid komt niet terug. Ik sta op en doe het raam dicht. Ik loop naar de entree en sta een poosje bij het ruitje in de deur. Ik voel aan de deur om me ervan te verzekeren dat hij op slot zit. Dat is niet zo. Als hij opengaat, valt, voor me op de grond, een tas van de buurtsupermarkt om, vol boodschappen, slagroom, uien en rundersteaks, een doosje tomaten is boven uit de tas gevallen en ligt naast de trap.

19

De schoolpsycholoog stelde me voor een paar oude vriendinnen op te zoeken, voor de afleiding. Hij deed zijn voorstel terwijl hij van de bank rolde en zijn horlogebandje vastgespte. Hij heeft geweldig veel haar op zijn armen en zijn borst. De onderkant van zijn rug is bobbelig, ik weet niet waarom. Tijdens de extase verandert hij in iets uit een stomme film, je hoort bijna Bjørnvigs pianospel eronder.

Ik zei tegen hem dat ik geen oude vriendinnen heb. Geen enkele? vroeg hij. Een oude bekende uit mijn studietijd dan, ik had toch gestudeerd? Er was er eentje. De laatste keer dat we elkaar zagen, werkte ze in een bibliotheek en was ze pas getrouwd met haar baas. Dat was zes jaar geleden. Kort daarna had ze een tweeling gekregen. Ze had me trouw elk jaar een kerstkaartje gestuurd, altijd met een kindertekening erop. Op de tekening had ze korte notities gemaakt: de konijnen van Julie. Losse tand. Trol in een oerwoud. Met een heleboel uitroeptekens erachter.

Nu ontmoetten we elkaar in een overvol café in Kopenhagen, het enige tafeltje dat vrij was stond half op een straathoek, je moest bij elke taxi je voeten intrekken. We bestelden ijskoffie en brownies. Het was begin augustus.

Ze was net op vakantie geweest en was blij dat ze weer terug was op haar werk. De hele zomer waren ze bezig geweest met het opknappen van hun woning, wat nogal een beproeving was. Want hun onderbuurvrouw in het appartementencomplex was vastgelopen met haar scriptie en in een depressie beland. Ze kwam voortdurend naar boven om koffie te drinken en rond te hangen, ze zei niet echt veel, zat daar maar als een lappenpop op de trap te staren met haar mok in de hand. Er hing een medicijnlucht om haar heen, die gelukkig enigszins werd overvleugeld door de geur van verf en behangplaksel. Ze had bijna geen zin om de tweeling antwoord te geven, haar ogen waren gezwollen en ze droeg wekenlang dezelfde kleren. 's Nachts jammerde en klaagde de buurvrouw recht onder hun tweepersoonsbed, het was zelfs al een beetje aan hun huwelijk gaan knagen, want het was moeilijk om je onder zulke omstandigheden aan elkaar te kunnen geven.

Mijn oude vriendin boog naar voren op haar stoel en begon te huilen, ik wist niet wat ik moest doen, klopte haar op haar hand, en daardoor begon ze nog harder te huilen. Toen kiepte de klapstoel voorover en was ze bijna onder een taxi terechtgekomen, we kwamen allebei snel overeind en pakten onze tassen en zakken bij elkaar. We liepen een straatje op en neer, maar toen moest ze de tweeling ophalen en omhelsden we elkaar. Ze wilde graag meteen een nieuwe afspraak maken, maar ik had gelukkig mijn agenda niet bij me. Ze draaide zich een paar keer om en zwaaide, de grote schoudertas wekte de indruk dat ze scheef was.

Ik liep terug naar het café en vond een leeg tafeltje binnen bij het grote raam. Ik dronk een glas witte wijn en voelde me opgelucht. Nu was dat achter de rug. Het was alsof ik er altijd naar uitkeek alles achter de rug te hebben. Om me uit alle relaties terug te trekken. Ik dronk wijn en bekeek de andere mensen in het café, ze zaten te praten en te gebaren. Een vrouw aan de bar bleef haar haar maar naar achteren gooien, ze was een kop groter dan haar vriendin. Ze hadden dezelfde sjaals om. De vriendin keek vaak in haar tas, daarin had ze een spiegeltje zitten. Het schitterde in mijn richting.

Als ik zo zat, kon ik bijna verdwijnen. Ik werd tot niets, met alleen het vermogen om te zien en te horen. Het was een bevrijding. Ik wilde dat het altijd zo kon zijn. Als ik schreef verdween ik op dezelfde manier, maar nu schreef ik niet meer. Bij mijn derde glas wijn belde Bjørnvig om te vragen of ik tartaartjes bij het avondeten wilde. Ik nam om vijf uur 's middags de trein naar huis. Vanaf het station ging ik lopend verder en keek niet op als er een auto voorbijreed.

20

De vrouw die Anne Grethe heet, belt me tegen negen uur wakker. Ze heeft een lage, kortademige stem, misschien kortademiger dan normaal. Ze is net gebeld door haar zoon die haar auto had geleend. Hij was gisteren naar een beurs in Malmö geweest en had vannacht met de auto terug moeten zijn, maar nu blijkt dat de auto daar met een kapotte radiateur is gestrand. Haar zoon is tegen een granieten beeldhouwwerk aangereden.

Anne Grethe is echt op van de zenuwen. Ze lag heerlijk te slapen toen haar zoon belde. Nu moet ze twee verschillende bussen nemen om bij haar tweedehandswinkel te komen, ze woont er dertig kilometer vandaan. Dat zal ook nog wel gaan, maar het kabouterlandschap wordt een probleem, omdat het haar niet lukt het te komen ophalen. En de klant komt er na drie uur vanmiddag voor langs. Het is een collector's item uit Oost-Duitsland. Maar dat weet ik al.

Ik sta met mijn blote voeten op de vloer naar haar te luisteren. Het licht in de woonkamer is zacht en grijs. Ik loop een paar passen naar het raam met de hoorn in de hand, doe de lamellen wat van elkaar en zie dat het heel zachtjes sneeuwt, maar dan valt de telefoon op de grond en

wordt de verbinding verbroken. Ze belt onmiddellijk opnieuw.

'Wat gebeurde er?' vraagt ze.

'Dat was mijn schuld. Ik zal wel met de kabouters
langskomen.'

'Dat zou geweldig zijn. Weet je waar de winkel ligt?'

'Het is een klein stukje voorbij de rotonde, toch?'

'Ja, dat klopt. In het oude benzinestation. Je mag vast
Puttes fiets wel gebruiken. Je kunt de doos achterop doen,
denk je niet?'

'Ja, dat denk ik wel.'

'Neem me niet kwalijk dat ik het vraag, maar hoe heet
jij ook alweer? Ik kan me niet herinneren wat Putte zei.'

'Ik logeer gewoon een poosje bij Putte en John. Ik heet
Bente.'

'O ja, dat zei ze.'

We spreken af dat ik voor halfdrie met het kabouterlandschap langskom, dan kan Anne Grethe het nog net even
nalopen. Ik heb tijd genoeg. Ik besluit als ontbijt een omelet te maken. Tussen de boodschappen op de trap zaten
ook eieren en ik heb echt honger, ik heb niets meer gegeten sinds de gebakken bonen van gistermiddag laat. Ik
merk dat ik ben afgevallen en dat is prima. Niet omdat
ik het vreselijk nodig had, maar ik hou er wel van als mijn
kleding wat hangt en dat is al een paar dagen het geval.
Ik trek een broek en coltrui aan en doe de kachel aan. Dat
gaat redelijk gemakkelijk. Ik maak een omelet met toma-

ten en ui. Ga aan de eettafel zitten en kijk naar de mooi neervallende sneeuw terwijl ik eet. De koffie smaakt geweldig, ik weet opeens niet meer hoe ik me zonder koffie zou moeten redden. De sneeuw smelt zodra hij op de deksel van de vuilniscontainer in de achtertuin valt.

Na het eten was ik af. Het water hier in huis is gloeiend heet. De theedoeken ruiken naar wasverzachter, de geur die ook in het beddengoed en de handdoeken zit en om Putte heen hangt als ze door de woonkamer stuift. Ik droog langzaam en grondig af, het is een heel kleine afwas.

Terwijl ik de spullen op hun plek zet, hoor ik het geluid van een achteruitrijdende vrachtwagen. Ik heb hem helemaal niet aan horen komen en hij is nu aan de zijkant van het huis bezig met achteruitsteken. Hij komt hoog boven het hek uit en stopt met de achterkant vlak bij het tuinhekje. De chauffeur komt tevoorschijn, springt achterin en laadt iets uit wat waarschijnlijk pallets met briketten zijn. Telkens wanneer hij er een heeft uitgeladen, rijdt hij de vrachtwagen een stukje naar voren, zodat er plaats is voor de volgende pallet. Uiteindelijk staat hij bijna dwars op de weg voor het huis geparkeerd, hij brengt de lift op zijn plek en sluit de achterdeuren. Kruipt in de cabine en komt weer naar buiten met een stukje papier, steekt schuin de weg over met het papier in zijn hand en belt aan. Ik doe open.

'Nu hebben jullie weer een tijdje warmte,' zegt hij en hij houdt me het papiertje voor. 'Wil je even tekenen?'

Zijn haar en zijn oranje werkjas zijn nat van de sneeuw, hij snuift een keer en glimlacht naar me terwijl ik een handtekening zet.

Hij zegt: 'Jullie moeten ze niet te lang buiten laten staan, want het is niet de beste verpakking van de wereld. Als ze nat worden, is het gebeurd.'

'Ja, prima,' zeg ik.

'Nou, bedankt dan maar,' zegt hij en hij draait zich om, loopt op een drafje naar de vrachtwagen die stationair staat te draaien, weet hem met veel moeite tussen dit huis en de huizen aan de overkant te keren en rijdt weg.

Bij de achterdeur trek ik Puttes klompen aan, loop naar de tuin en doe het hek open. De briketten staan net aan de andere kant van het hek, er zijn vier pallets. Ik reken uit dat er 96 pakken van tien briketten op elke pallet staan. Dus alles bij elkaar zo'n vier ton.

Ik doe het hek dicht en loop naar het schuurtje. Daar bewaren ze de briketten. Er zijn nog maar een paar pakken over, helemaal in de hoek, dus de nieuwe voorraad komt op het juiste moment. Ik pak een bezem en veeg een heleboel kolengruis bij elkaar op een hoop. Terwijl ik rondloop en naar een blik zoek, gaat de telefoon. Ik ren op de klompen door het huis. Het is Ibber met harde muziek op de achtergrond.

'Heb je de boodschappen gevonden?' vraagt hij.

'Ja, onzettend bedankt. Wanneer heb je ze er neergezet?'

'Gisteravond. Het was donker in de kamer, dus ging ik ervan uit dat je al sliep.'

'Ja, ik ben vroeg in slaap gevallen. Ben je nu op het radiostation?'

'Kun je dat horen? Ik ben pas over twee uur op de radio, ik stel net een playlist samen.'

'Ik kan je helaas niet horen, ik moet weg om iets te regelen.'

'Wat moet je regelen?'

'Ik moet voor Putte met iets naar het tweedehandswinkeltje.'

'Ah, oké.'

'Er zijn net briketten gebracht.'

'Hoeveel.'

'Vier pallets.'

'Dan hebben ze de grote korting bedongen. Die kun je gewoon laten staan.'

'De chauffeur zei dat ze droog moesten blijven.'

'Zit er geen plastic om heen?'

'Jawel, maar dat is kennelijk nogal dun.'

'Ik ben morgen terug. Dan kom ik langs om ze naar binnen te brengen.'

'Oké.'

'Zou jij vanmiddag de honden kunnen doen? Ik ben er vanochtend geweest.'

'Ja, hoor, geen probleem.'

'Dat is heel aardig van je, we kunnen ons op het moment bijna niet redden zonder jou.'

Ik hoor dat hij glimlacht, vervolgens wendt hij zich van de hoorn af en roept met luide stem door het vertrek: 'Dat maakt niet uit, ik praat het wel vol.'

Hij wendt zich weer tot mij en vraagt: 'Sneeuwt het bij jou?'

'Ja.'

'Hier ook. Maar het is natte sneeuw. Tot kijk.'

'Ja, tot kijk, Ibber.'

Vlak voor de middag maak ik een lunchpakket, rogge-brood met omelet, en ik trek de overall van laatst aan. Ik sla de broekspijpen een paar keer om en stop ze bij een paar skisokken in die in een plastic bak onder de trap lig-gen. Daar vind ik ook een paar thermohandschoenen en de bivakmuts. De skisokken passen met geen mogelijk-heid in mijn laarzen. Ik blijf proberen tot de rits vast komt te zitten, daarna heb ik heel wat tijd nodig om de laarzen weer uit te krijgen. In de rommelkamer vind ik een paar korte rubberlaarzen van ongeveer mijn maat, die trek ik aan. Ze zijn zwart glanzend. Ik sta voor de spiegel in de entree naar mezelf te kijken, het lunchpakket puilt mijn zak uit, in mijn handen heb ik de doos met de kabouters.

Ik loop naar het schuurtje, waar Puttes fiets staat. Hij is rood en heeft geen versnellingen. Ik weet de doos op de bagagedrager te krijgen en loop met de fiets door de achtertuin en vervolgens de weg op. De sneeuw slaat te-gen het onbedekte gedeelte van mijn gezicht wanneer ik op de fiets stap en wegrijd. Het voelt helemaal niet onprettig aan. Ik voel me in de overall, de handschoenen en de bivakmuts veilig afgesloten, de kou raakt me niet, maar ik kan nog steeds de geur van zout water en een zweempje kachelrook opsnuiven. Ik heb de wind in de rug.

21

Het wordt een verschrikkelijke tocht.

Als ik bij het bos linksaf sla, word ik getroffen door een zijwind die me bijna omver blaast. Ik blijf doorfietsen, maar de weg naar de rotonde is echt heel lang. De overall begint klam aan te voelen en mijn tenen in de skisokken zijn gevoelloos geworden. Telkens wanneer ik de pedalen in de rondte trap voel ik hoe het lunchpakket in het vetvrije papier wordt geplet in mijn zak. De sneeuw hoopt zich langs de weg op en stuift over het asfalt. Ik heb geen idee hoe het kabouterlandschap op de bagagedrager zich houdt.

Ik probeer aan iets anders te denken dan aan de tocht die ik ben begonnen, maar dat lukt slecht. Mijn eigen ademhaling stoort me, ik adem in en uit door mijn mond, de bivakmuts is aan de zijkant nat en smaakt naar wol. Aan de rechterkant duikt na een bocht een boerderij op, uit de hoge schoorsteen van het woonhuis komt rook. Ik denk aan de mogelijkheid om in de buurt van een open haard een beetje bij te komen, om een kop soep aangereikt te krijgen. Als ik bij de lange inrit voor de boerderij kom, stap ik af. Ik weet niet wat me bezielt. Ik sta een poosje op het grind en kom weer op adem, haal een keer mijn neus op. Iemand in het blauw draagt iets uit de stal weg en ziet me, blijft staan. Zet wat hij in zijn handen heeft neer en wacht af. Ik steek mijn hand op en zwaai. Ik verlies mijn greep op het stuur, de fiets valt om, het deksel valt van de doos op de bagagedrager. Als ik hem opraap, zie ik een paar meter achter me een grote zwerfkei met de inscriptie PILEGÅRD. Boven op de steen ligt sneeuw. Ik doe het deksel weer op de doos en weet de fiets overeind te krijgen, zwaai verontschuldigend naar de persoon in de verte. Dan rijd ik verder.

Na de rotonde heb ik gelukkig de wind weer in de rug en is het niet ver meer naar de kruising. Ik zie het oude benzinestation met de tweedehandswinkel onmiddellijk. Er staan drie vlaggenmasten met wimpels voor, een rode, een gele en een blauwe wimpel met de letters AK. Onder de overkapping van wat ooit de benzinepompen zijn geweest staat een scheepsbed met doorzichtige plastic tassen erop. Ze zitten vol speelgoedbeesten. Ik zet de fiets aan de zijkant van het gebouw neer en weet de doos van de bagagedrager te krijgen, loop de hoek om naar de winkel. Ik zie haar daarbinnen, ze zit achter een soort toonbank met iets te prutsen. Er klinkt een harde elektronische melodie als ik de deur opendoe. Het muziekje blijft nog een poosje doorspelen nadat ik de deur heb dichtgedaan en naar haar toe ben gelopen, ze legt het stuk papier aan de kant en kijkt op zonder op te staan en zonder te glimlachen.

'Ben jij Bente?' vraagt ze als we elkaar weer kunnen verstaan.

'Ja,' antwoord ik.

Dan staat ze hijgend op en zegt: 'Ah, dat is mooi.'

Ze loopt om de toonbank heen naar mij toe. Bij elke stap die ze zet beweegt haar bovenlichaam hevig heen en weer. Alsof het vanwege haar achterste moeilijk voor haar is om te lopen. Wat waarschijnlijk ook zo is. Ze steekt beide handen uit en pakt het kabouterlandschap aan en zet de doos op de toonbank.

'Dit is echt van een vakmanschap waar je geen idee van hebt,' zegt ze en ze opent de deksel van de doos met de onderdelen die Putte sierlijk in verschillende kleuren zijdepapier heeft ingepakt.

'Denkt ze dat het een kermis is?' vraagt ze en ze komt langzaam omhoog, loopt door het vertrek. Ze draagt een driekwartbroek en trekkingsandalen. Ze verdwijnt achter een gordijn en er wordt een kraan opengedraaid.

'Koffie of thee?' roept ze van achteren.

'Koffie.'

'Goed.'

Ik loop naar een rek met jurken en bekijk ze. De meeste zijn, in een grote maat, van bont synthetisch materiaal gemaakt. Ernaast staat een boekenkast vol huishoudelijke voorwerpen, steelpannen, bestek en beschadigde schalen. Op een van de planken staan uitsluitend platte schotels en visborden. Ik pak een bord met een soort platvis erop, dan komt Anne Grethe weer binnen en staat achter me te hijgen.

'Dat is de dure plank. Dat je het even weet,' zegt ze.

Het koffiezetapparaat achter het gordijn maakt lawaai. Ze begint de afzonderlijke onderdelen uit het zijdepapier te halen, ze houdt ze voor zich en kijkt ze een voor een na. Legt de kabouters op een rijtje op de toonbank, de kleine sleetjes, de zakken en de dennenbomen er onder, de kerk zet ze als laatste neer. Ze staat het geheel een poosje te bestuderen.

'Er ontbreekt een fluitkabouter,' zegt ze vervolgens.

'Echt waar?'

'Mm.'

'Ik heb nergens zo eentje gezien.'

'O.'

'Op de vensterbank, waar het heeft gestaan, was het helemaal leeg.'

'O. Nou ja, dan zal het wel aan mij liggen.'

Ze heeft een vol pagekapsel. Het haar valt voor haar gezicht als ze zich naar me omdraait. Ze zegt: 'Je hebt geen idee hoe hulpeloos je bent zonder auto. Je bent er zo afhankelijk van. Nu rijden er bijvoorbeeld morgen geen bussen, dus moet ik de winkel wel dicht doen. Ik kan niet anders.'

'Ja, dat is inderdaad niet zo mooi.'

Ze schudt haar hoofd en maakt zich weer uit de voeten naar achter het gordijn, komt terug met koffie en twee emaillen bekers die aan haar vingers bungelen. Bij elke stap die ze zet tikken ze tegen elkaar aan.

'Ik heb niets bij de koffie, sinds Kerstmis ben ik al drieënhalve kilo afgevallen,' zegt ze.

Ze geeft me een kantoorstoel om op te zitten. Ik heb de bivakmuts afgezet en zit ermee op schoot, de overall is op de dijen heel nat geworden.

'Het gaat anders redelijk goed met John,' zeg ik.

'Dat is mooi. Ja, mijn zoon heeft gelukkig niets. Hij wilde gewoon op het plein daar keren. Hij is waarschijnlijk wat te enthousiast geweest, want hij had een klein vermogen verdiend.'

'Zei je dat hij naar een beurs toe was?'

'Ja, een verzamelbeurs. Hij heeft een heel zeldzame winkelwagenmunt weten te verkopen.'

'Ik wist niet dat je zulke dingen kon verzamelen.'

'Je hebt geen idee wat die moeten kosten. Mensen betalen enorme bedragen. Nou, goed.'

Ze leunt naar voren en pakt de onderdelen van het kabouterlandschap weer in Puttes zijdepapier in. Legt ze sierlijk in de doos en doet die dicht. Schraapt haar keel.

'Nou, aardig van je dat je het bent komen brengen,' zegt ze.

'Een kleine moeite.'

'Een kleine moeite is ook moeite. Zo.'

Ze staart naar buiten door het grote raam achter mijn rug. Ik zie haar ogen bewegen.

'Het is ongelooflijk waarmee mensen denken geld te kunnen verdienen. Heb je die brits buiten zien staan?'

'Met speelgoedbeesten?'

'Ja, precies. Het stond er allemaal al toen ik kwam. Voor mij is het alleen maar werk. Nou ja. Het is waarschijnlijk een afspraak die zij gemaakt heeft.'

'Putte?'

Ze knikt en kijkt naar de plastic klok aan de muur, het is kwart voor drie. Ze staat op en loopt hijgend met de koffiekan door de ruimte, ik loop met mijn beker achter haar aan. Vanachter het gordijn steekt ze haar arm uit en pakt hem aan.

'Nou, goede reis terug,' zegt ze.

'Dank je.'

Dan komt ook haar hoofd tevoorschijn en ze zegt: 'Ja, neem me niet kwalijk, maar we gaan dicht zodra ze de kabouters hebben opgehaald. En dan moet ik de bus halen.'

'Geen probleem, hoor.'

'Doe Putte maar de groeten als je haar spreekt.'

'Dat zal ik doen.'

Het is opgehouden met sneeuwen, maar de wind raast om de oude benzinepompen als ik naar buiten stap. Ik trek de klamme bivakmuts over mijn hoofd terwijl ik naar de fiets loop. Ik heb honger, de koffie brandt in mijn maag. Ik besluit mijn lunchpakket op te eten voordat ik terugrijd. Omgeven door het geluid van gesmolten sneeuw komt een bestelwagen aanrijden, die naar de tweedehandswinkel gaat, een man en een vrouw in identieke donsjacks stappen uit en lopen naar binnen. Ik hoor de elektronische melodie terwijl ik de fiets aan de hand meeneem en het plein oversteek naar het trottoir. Er staat een groen bushokje een eindje verderop langs de weg, daar wil ik gaan zitten eten. Op weg ernaartoe steek ik mijn hand in mijn zak om het lunchpakket te pakken dat vochtig is geworden en los is geraakt en er komt een verfrommeld stukje papier mee naar boven. Ik blijf met de fiets staan, het is Elly's lottobriefje van laatst. Ik leg het lunchpakket boven op de bagagedrager en probeer het formulier wat glad te strijken en stop het terug in mijn zak.

In het bushokje zit een meisje met een roze mobiele telefoon. Ze kijkt op en groet.

'Ik wil alleen mijn brood opeten,' zeg ik, alsof ik haar een verklaring schuldig ben. Ze knikt glimlachend naar me en concentreert zich weer op haar telefoon.

Ik eet staand. Het roggebrood is donker en kruimelig, de omelet is een beetje te zout. Ik heb de fiets op de standaard gezet en hou het papier van mijn lunchpakket onder mijn kin terwijl ik eet. Het smaakt heerlijk. Ik ben blij dat het meisje niet tegen me praat. Ik eet snel, het natte roggebrood beweegt rond in mijn mond. Na afloop maak ik mijn tanden schoon met mijn tong en knik ik tegen haar en zeg: 'Nou, tot kijk dan.'

'Ja, tot kijk. Je moet wel opschieten als je die nog wilt inleveren. Hij gaat om drie uur dicht.'

Ze knikt naar het lottoformulier dat een stukje uit mijn zak steekt. Een paar van Elly's beverige kruisjes zijn zichtbaar.

'Kun je me zeggen waar de kiosk is?' vraag ik.

'Je moet nog een stukje verder die kant op,' zegt ze en ze wijst met haar vrije hand.

'Dankjewel.'

Ik stap op de fiets en trap hard, de weg is oneffen en hobbelig. Ik heb een enorme zin in zoetigheid gekregen. Ik rijd langs een huis met een plastic flamingo in de voortuin, dit soort flamingo's was populair toen ik nog een kind was, ik kan me niet herinneren dat ik ze sinds die tijd nog gezien heb. Net als ik wat de keerplaats moet zijn ben gepasseerd, zie ik een eindje verderop de kiosk liggen. Iemand brengt net een reclamebord naar binnen. Hij kijkt op zijn horloge als ik dichterbij kom, hij heeft borstelige wenkbrauwen en naar beneden gekeerde mondhoeken, hij lijkt nou niet echt in een tophumeur te zijn. Hij werkt me voor zich uit de winkel in en ik pak snel een reep chocola en leg die op de toonbank. Dan geef ik hem het lottoformulier, hij bekijkt het en schudt langzaam zijn hoofd, toch begint hij het zorgvuldig met lange halen glad te strijken, talloze keren. Ten slotte laat hij het door de machine gaan waarop het formulier wordt goedgekeurd. Hij overhandigt me de coupon, ik betaal, loop terug naar de fiets en keer om. Maak de chocoladereep open en begin te eten, terwijl ik wegrijd. Het meisje in het bushokje is weg, een stukje verderop op de weg zie ik de achterkant van een groene bus om een hoek verdwijnen.

De zakken met speelgoedbeesten zijn naar binnen gebracht, maar het scheepsbed staat nog steeds voor de winkel. Er zit een briefje op de deur geplakt, om de een of andere reden rem ik en fiets ik erheen, kijk op een afstandje naar de grote blokletters: GESLOTEN WEGENS ONGELUK IN MALMÖ.

22

Op de terugweg hangt er een gure, vochtige kou in de lucht, maar de zijwind voelt nu niet zo krachtig aan. Ik fiets zonder al te veel na te denken. Aan beide kanten liggen kleine hoeveelheden sneeuw op de velden, midden in al het zwart eromheen. Als ik afbuig naar het bos zie ik op een hekpaal dicht bij de weg een enorme roofvogel zitten. Hij heeft een licht verenkleed en staart me recht aan. Vervolgens vliegt hij moeizaam op. Ik kan de lucht om hem heen bijna voelen. Ik ben met de fiets blijven staan en zie hem over het veld achter een overgroeide mergelgroeve verdwijnen.

Ik heb zin om te voet verder te gaan. Ik loop het hele stuk langs het bos met de fiets aan de hand tot aan de onverharde weg en over de onverharde weg tot aan het boerderijtje. Zet de fiets op het erf neer en loop naar de honden. Ze zijn compleet door het dolle heen, ze piepen en janken en ik praat een poosje tegen ze. Het is heerlijk warm in de stal. Dan loop ik naar het kleine vertrek en pak de doos chocolaatjes uit de koelkast, eet er twee en laat de doos zonder deksel staan. Ik zet het voer voor de honden klaar in de emmer, pak het fluitje en loop naar de achterkant van de stal. Ze volgen me in hun ren, buitelen van enthousiasme haast over elkaar heen aan de andere kant van het hek. Ik laat ze naar buiten en ze stuiven ervandoor en verdwijnen deze keer in de richting van de achtertuin.

Ik sjok achter ze aan. Ik zie ze nergens. Ik heb beide handen diep in de zakken van de overall gestoken. Het gazon is heel nat en geeft mee bij iedere stap die ik zet, alsof het ondermijnd is. Ik blijf aan het eind van de tuin bij een grote boom staan en kijk over de struik die eronder staat in de verte. De honden springen niet ver bij elkaar vandaan in de rondte op hun gebruikelijke stuk land. Ik sta naar ze te kijken. Ik ben ervan overtuigd dat het fluitje ze zonder problemen bij me terugbrengt.

Ik slenter over het gras naar het woonhuis. Kijk door de ramen naar binnen, zie dezelfde woonkamer als laatst, maar loop ook helemaal naar de voorgevel en achterom naar het terras. Daar staat een grote, blauw geglazuurde Mexicaanse buitenkachel op de tegels. Het ziet er niet naar uit dat hij ooit is gebruikt. Ik kijk door de terrasdeur de eetkamer in. Een lange, witte tafel en een heleboel met hoezen beklede stoelen met een hoge rugleuning. Houten vloer. Ook hier overwinterende geraniums in terracotta potten.

De honden reageren inderdaad snel. Misschien komt dat ook vanwege de honger. Als ze terug zijn in de stal, storten ze zich op het eten, het voer vliegt over de rand van de schaal. Ik realiseer me ineens dat ik hun namen niet weet. Ik heb Putte ze alleen 'lobbesen' horen noemen. Nu zeg ik dat zelf een paar keer: 'Lobbesen. Lobbesen.'

Ik ga naar het kleine vertrek en pak vijf gevulde chocolaatjes voorzichtig in een stuk krantenpapier in, vind in een la een zakje en leg het pakketje daarin. Zet de doos chocola terug in de koelkast. Ik pak ook een cola uit het krat op de grond. Ik open de koelkast nog een keer en kijk rond. In de ene groentela liggen een heleboel repen marsepein van het ouderwetse soort in lila aluminiumpapier, ik pak er eentje uit. Er lijkt niets mis mee, dus stop ik twee stuks in de zak met de chocolaatjes. Dan doe ik de deur achter me dicht en neem ik afscheid van de honden.

Ook de rest van de weg terug loop ik met de fiets aan de hand. Als ik in de buurt van Elly's huis kom, ga ik aan de andere kant van de weg lopen. Er brandt licht boven de eettafel, gelukkig zit ze met haar rug naar het raam. Ik zie het kleine achterhoofd vlak boven de vensterbank uit. Zachte muziek en iets wat de stem van Ibber zou kunnen zijn dringt van binnen door naar buiten. Dan volgt een luide jingle en komt het achterhoofd in beweging, maar dan ben ik er al bijna voorbij. Ik steek weer schuin de weg over en loop met de fiets langs de vier pallets, stap door het hekje en zet de fiets in het schuurtje.

De rest van de dag en de avond breng ik op de bank door. De fysieke inspanning heeft me goed gedaan, ik denk aan bijna niets anders dan aan de programma's die ik zie, een cowboyserie, het nationaal meisjeskoor, een oud Deens blijspel en iets over wilde dieren. Ik eet chocolade en casinobrood met spiegelei en drink koffie zonder melk. Het vuur buldert in de kachel. Ik besluit in slaap te vallen zonder mijn tanden te poetsen en met de tv nog aan, maar voor ik zover ben gaat de telefoon. Het is Putte die zich verontschuldigt voor het late tijdstip, maar ze is met Eskild naar Jensens Steakhouse gegaan. Ze vonden dat ze wel iets lekkers hadden verdiend. Als dessert had ze het grote softijs genomen, ze kan bijna niet meer op haar benen staan.

'Maar hoe is het met jou, was het lastig om bij de winkel te komen?'

'Nee, hoor. Een beetje beweging heeft me goed gedaan.'

'Het was een lange tocht voor je in dit weer. Heeft het nog gesneeuwd?'

'Alleen wat natte sneeuw.'

'Vond je Anne Grethe niet aardig? Heb je koffie aangeboden gekregen? Tjongejonge.'

'Wat is er?'

'O, het is dat ijs. Ik heb drie keer genomen, en ze hadden chocoladekorrels en alles. John wordt heel jaloers.'

'Gaat het een beetje goed met hem?'

'Ja, ik denk beslist dat we maandag thuiskomen.'

Als ik heb opgehangen, loop ik om een of andere reden naar de bovenverdieping om te kijken of er ergens een fluitkabouter ligt. Ik kijk achter de deuren en op de vensterbanken, maar vind niets anders dan een opgerolde skisok onder wat Johns nachtkastje moet zijn. Er ligt in elk geval een kookboek op.

23

Anja en Gitte kwamen begin september op een middag onaangekondigd op bezoek. Bjørnvig had het een uitstekend idee gevonden toen ze het hadden geopperd. Hij had Anja vrij gegeven en redde zichzelf wel achter de balie tijdens de paar uur waar het om ging. Nu stonden ze voor de deur met een boeket oranje en gele dahlia's, en ze struikelden bijna over hun eigen benen. Ik moest denken aan Knabbel en Babbel en liet ze binnenkomen. Terwijl ze hun jassen ophingen, haastte ik me naar de kamer om de grijze plaid weg te halen. Ik zette het raam bij de groenblijvers open. Ik trok mijn leren sloffen uit en schopte ze onder de bank. Daar stonden ze dan midden in de kamer in hun blauwe spijkerbroeken en met zwaaiende paardenstaarten, hun ogen schoten heen en weer alsof ze elke hoek van het vertrek in zich wilden opnemen. Ik liet ze alleen en liep naar de keuken, zette koffie en opende verschillende laden terwijl ik door de halfgeopende deur naar hen keek. Anja deed een paar stappen in de richting van de commode en bekeek een kleine schaal die onmogelijk erg interessant kon zijn. Gitte volgde haar, vriendelijk glimlachend. Een paar bewonderende geluiden ontsnapten aan een van hen. Ze riepen naar me om te vragen of ze moesten helpen, maar dat sloeg ik af en ze drongen ook niet verder aan.

Ze praatten allebei veel tijdens de koffie. Over de kliniek en over een paar patiënten, een jongeman begon de deur bij hen plat te lopen vanwege een eczeem waarvan ze hem ervan verdachten dat hij het zelf veroorzaakte. Een nichtje uit Flakkebjerg kende hem en had gezien hoe hij tegen een berenklauw aan stond te schuren. Dat nichtje was trouwens in verwachting, dat was echt een nieuwtje en ze was dit voorjaar net twintig geworden. Haar vriend was een wat onstabiele figuur, die op dit moment bij een tuinderij werkte. De tuinder trof hem voortdurend achter de kassen aan waar hij allerlei soorten wiet zat te roken. Hij had zijn tweede waarschuwing gekregen, en bij de derde was het over en uit. Dus ze hielden op alle fronten hun hart vast, niet in de laatste plaats voor het kind.

Er viel een kleine stilte in het gesprek en we bogen alle drie naar voren om onze kopjes te pakken. Toen zei Anja dat ze met een reden waren gekomen. Gitte had iets beleefd wat ik misschien kon gebruiken. Het lag dan wel een beetje buiten mijn terrein, maar toch vonden ze dat ik het moest horen. Ze knikte naar Gitte en Gitte ging op het randje van de bank zitten en begon met zachte stem te vertellen. Ze vertelde dat er in haar woonblok bepaalde krachten heersten. Als je 's avonds je schoenen buiten voor de deur zette, stonden ze de volgende ochtend vaak binnen. Ze wist zelf ook wel dat het idioot klonk, maar er waren verschillende mensen die het hadden meegemaakt. Het was begonnen nadat iemand tijdens een housewarming in de woonkamer geesten had opgeroepen. Er was ook een kokosmat op de derde verdieping die zich van binnen naar buiten had verplaatst.

Gitte keek naar het tafelblad. Haar lange, blauwe wimpers knipperden een paar keer. Nu wist ik het in elk geval en ik mocht het verhaal gebruiken als ik wilde, zei Anja. Er waren dan wel anderen die ook belangstelling hadden getoond, maar ze waren het er over eens geworden dat mij het als eerste moest worden aangeboden, aangezien ik de enige professionele schrijver was die ze kenden. Ze wilden me trouwens ook uitnodigen voor de cultuurnacht van vrijdag aanstaande, alle winkels in de stad waren geopend en er stond een gratis-worstenkraam voor verfhandel Flügger. Bij de Schoenenreus kon je dansen. Ze wilden me met alle plezier komen halen, Anja had net haar auto terug van de garage. Ik kon niet meer zo snel antwoorden, want de schoolpsycholoog zwaaide de deur open en stapte met een zak appels de kamer binnen. Er ontstond enige verlegenheid, maar hij liet zich in een stoel vallen en bood ons een appel aan, het waren vroegrijpe glosters. Toen spraken we een poosje over appeltaart, waarmee we allemaal iets hadden. Anja en Gitte lachten veel, vooral Anja, en de schoolpsycholoog lachte ook, hij bewoog zijn hoofd naar achteren en zette zijn krachtige kiezen in zijn appel waarbij het sap eruit spoot.

Kort daarna stapten Anja en Gitte op. Ik zei tegen hen dat ik voor vrijdag andere plannen had. Laat het maar weten als je toch nog mee wilt, zei Anja, en toen bleek dat de schoolpsycholoog ook naar de cultuurnacht ging, dat was al lang geleden gepland. Hij had een afspraak met een oude gitaarvriend. Misschien zien we elkaar dan bij de worstenkraam, zei Anja en ze lachte opnieuw, en daarna namen we afscheid. Ik bleef staan en zag vanachter de groene struiken de paardenstaarten heen en weer zwaaien toen ze de inrit uitliepen. De schoolpsycholoog was naar de wc, en toen hij de kamer weer binnenkwam begreep ik niet waarom ik toch zo mismoedig was. Er zat een stukje appel in zijn mondhoek, hij keek op zijn horloge en ging weer zitten.

24

Zondagochtend regent het. Ik word wakker van het geluid en lig op de bank zonder me te bewegen. Ik heb diep en lang geslapen en kan niet voelen of ik blij of treurig ben. Het voelt alsof tijdens mijn slaap iemand binnen in mij op zijn plek is gevallen. Vanwege een droom, maar ik kan me niet herinneren waar die over ging. Alleen dat er een leeuw en een paard in voorkwamen.

Het is koud in de kamer. Ik sta op en loop naar de kachel, leg er drie briketten in en stop hem vol met in elkaar gefrommeld krantenpapier. Steek het papier aan en wacht een paar minuten voor ik het deurtje dicht doe. Ik zet de regelschuif wat verder open. Misschien heb ik een beetje een slecht humeur. Dat valt moeilijk te zeggen als er geen andere mensen zijn.

Ik ga naar de wc en zet daarna koffie. Rooster twee sneetjes casinobrood en kleed me aan. Pak de nieuwe kaas uit, snijd een paar plakken af en doe de kaas in een plastic zak. Neem het eten en de koffie mee naar de salontafel en eet met het dekbed over me heen en de televisie aan. Het is bijna elf uur. Ik begrijp niet dat ik zo lang heb geslapen. Als ik klaar ben met eten begin ik zelfs weer moe te worden. Ik ga liggen en denk aan de roofvogel van gisteren. Dan is er een windstoot die de regen hard tegen het raam slaat en ineens moet ik denken aan de briketten. Ik sta weer op, loop naar de andere kamer en kijk uit het raam. Ik zie de bovenkant van de vier pallets buiten voor het hek, het water stroomt erlangs. Misschien zijn ze al onbruikbaar geworden. Nu weet ik zeker dat ik in een slecht humeur ben.

Ik ga aan de eettafel zitten. De lucht is loodgrijs. De telefoon gaat, maar ik neem niet op. Ik heb geen zin om op te staan, maar ik heb ook geen zin om te blijven zitten. Ik loop terug naar de bank en trek het dekbed helemaal over mijn hoofd. De telefoon gaat weer. Ik denk aan het hondenfluitje. Het lukt me om in slaap te vallen, dan gaat de telefoon voor de derde keer. Ik sta op van de bank en neem op. Het is Ibber.

'Heb ik je wakker gemaakt?' vraagt hij.

'Nee, heb jij al een paar keer geprobeerd te bellen?'

'Nee.'

'Goh. Nee, ik ben met de briketten bezig en hoorde binnen de telefoon gaan.'

'Ik was het niet.'

'O, oké.'

'Maar je kunt ze gewoon laten liggen. Ik kom vanmiddag om ze naar binnen te brengen, als ik bij de honden ben geweest.'

'Waar ben je nu?'

'Ik was net bij John, daarom bel ik ook. Ik heb beloofd

te zeggen dat er heel veel casinobrood in de vriezer zit. Als je er doorheen bent.'

'Nee, ik heb nog voldoende. Dank je.'

'Goed, maar nu weet je het in elk geval. Hoe ver ben je al met de briketten?'

'Nog niet zo ver.'

'Je moet niet te veel moeite doen, hoor. Tot kijk.'

'Ja, tot kijk.'

De overall van gisteren is nog steeds klam. Ik hang hem op een stoel voor de kachel en trek een regenpak aan dat ik onder in de plastic doos in het halletje vind. Hij is lichtgroen, en ik trek ook de skisokken en de rubberlaarzen aan die bij de achterdeur staan. Daar vind ik ook een paar werkhandschoenen op het vensterbankje.

Als je eenmaal buiten in de regen bent, lijkt het niet meer zo erg. Het is bijna alleen maar een hoge vochtigheidsgraad van de lucht. Ik schat in dat het beter is om de briketten binnen te brengen. De plastic verpakkingen van de pallets zijn overtrokken met een dikkere laag plastic, die niet zo gemakkelijk open te krijgen is. Ik haal een aardappelmesje uit de keuken en maak een lange snee aan de bovenkant, weet het plastic langs de zijkanten naar beneden te wurmen en trek er een pak briketten uit dat ik in mijn armen neem. Het is zwaar en onhandelbaar. Ik kan met geen mogelijkheid meer dan één pak tegelijk dragen.

Ik loop in een vaste route heen en weer tussen de eerste pallet en het schuurtje, waarin ik de pakken langs de buitenmuur opstapel. De stapel moet zo hoog mogelijk worden, anders is er geen plaats voor vier ton briketten. Aanvankelijk ben ik opgewekt dat het werk zo opschiet. Naarmate ik verder naar onderen kom wordt het moeilijker om een pak van de pallet te tillen. Ik trek mijn rubberlaarzen niet meer uit, telkens wanneer ik het schuurtje binnenkom. Stap gewoon naar binnen en laat modderige voetsporen achter. Daar is niets aan te doen, dat moet ik later maar schoonmaken. Ik ben buiten adem, het water drupt van de capuchon op mijn gezicht. Ik tel mijn stappen van het schuurtje naar de pallet, het zijn er dertien, dat wil zeggen per pak van tien kilo in totaal een kleine zesentwintig meter heen en terug. Per pallet 96 pakken, en ik hoef alleen de eerste pallet af te maken. Nu ik eenmaal een gat in de plastic bovenlaag heb gemaakt, moeten de briketten zo snel mogelijk onder dak komen.

Ik pauzeer niet. Loop steeds maar heen en weer en haal adem door mijn mond. Mijn neus is gaan lopen, ik veeg hem onderweg steeds af aan m'n natte nylon mouwen. Als ik met het op twee na laatste pak het schuurtje binnen wil stappen, struikel ik over de drempel en beland met het ritselende geluid van de regenkleding op mijn buik met mijn kin op de briketten. In mijn val bijt ik hard op mijn tong, ik lig op de grond en proef dat het is gaan bloeden. Ik sta weer op. Weet de twee laatste pakken naar binnen te brengen en doe de deur naar het schuurtje dicht. Er ligt een hoop nat gruis op de trap en daar waar ik heb gelopen.

Mijn handen voelen heerlijk warm aan. Ik trek het regenpak uit, breng het naar de badkamer en hang het over
de stang met het douchegordijn. Sta bij de wasbak voor
de spiegel en spuug erin, spoel mijn mond en spuug nog
een keer. Ik kijk naar mijn tong, vooraan in het midden
heb ik een gat gebeten, maar ik voel niets. Mijn natte haar
plakt tegen mijn hoofd aan. Nu is niet te zien hoe vet het
is. Ik heb van het werk een geweldige kleur op mijn wangen gekregen, verder ben ik tamelijk wit in mijn gezicht.
Zoals ik daar sta doen mijn ogen me denken aan die van
een ver, gestorven familielid, het ontbreken van oogleden. Dan hoor ik de achterdeur opengaan en klinkt de
stem van Ibber door het gangetje.

'Hallo,' roept hij.

'Hé, hé,' roep ik terug. Ik voel nu dat mijn tong wat gevoelloos is geworden.

'Ik ga nu buiten aan de slag. Sta je onder de douche?'

'Nee, nee,' roep ik terug, waardoor het rijmt op mijn
eerste antwoord en ik bijt van schaamte snel mijn tanden
op elkaar. Het doet pijn, ik doe mijn mond open en laat
mijn tong weer naar buiten hangen, blijf even zo staan,
pak vervolgens de regenkleding van de stang boven de
douchecabine en trek die aan.

Ibber heeft werkhandschoenen aangetrokken. Hij heeft
zijn witte donsjack aan. Hij draagt moeiteloos twee pakken tegelijk. Als hij ze vlak voorbij de deur op de grond
laat vallen, staan de afdrukken ervan op zijn borst. Hij

glimlacht naar me. Ik zorg voor het opstapelen. We zijn een goed team, het werk schiet snel op. Halverwege de derde pallet gaan we op de trap zitten en delen we de cola die ik gisteren heb meegenomen. We zitten eerst lange tijd zwijgend bij elkaar. Dat komt op mij totaal niet gênant over, misschien doordat we buiten zijn. Er krijsen meeuwen boven zee. Ik kan me helemaal niet herinneren dat ik die al eerder heb gehoord.

'Nu hebben ze tot ver in het volgende stookseizoen briketten,' zegt hij dan.

'Dat is geweldig.'

Ik hoor aan mijn stem dat mijn tong niet helemaal is als hij zou moeten zijn. Het uiterste puntje voelt halfdood aan en lijkt wel veel te groot te zijn.

'Ja, zelf heb ik ze al vóór Kerstmis gekregen.'

'Heb je ook een kachel?'

Hij knikt. Ik knik ook.

'Hoe was het in het ziekenhuis?'

'Dat gaat prima. Ik denk dat hij morgen na de doktersronde wordt uitgeschreven. Dan kan hij met onze oom mee.'

'Hoe komen ze thuis?'

Hij knikt met zijn hoofd naar rechts en zegt: 'Ja, met de bus waarschijnlijk. Dus.'

'Bestaat er niet zo'n transportregeling? Met het ziekenvervoer of zoiets.'

'Niet bij onze verzekering.'

'Waarom heeft niemand van jullie een auto? Alles is nu toch heel lastig voor jullie.'

'Ach, daar staan wij niet zo bij stil.'

'Heb jij een rijbewijs?'

'Ja, natuurlijk. John ook.'

Hij zet zijn glas neer en staat op.

'Putte niet,' zegt hij. 'Heb je die cola bij onze oom vandaan gehaald?'

'Die daar?' vraag ik en ik voel dat ik begin te blozen.

'Niemand anders heeft Pepsi,' zegt hij en hij loopt naar de briketten, gelukkig zonder eerst naar mij te kijken. Ik sta ook op en veeg mijn handen aan elkaar af.

'Ik heb zelf geen rijbewijs, daarom vroeg ik het,' zeg ik met mijn rug naar hem toe gekeerd, als hij met de eerste armvol komt aanlopen.

'Jij had misschien een chauffeur?' vraagt hij en ik hoor dat hij glimlacht.

'Af en toe,' antwoord ik.

25

Ibber vindt dat ik wel een douche kan gebruiken. Daar heeft hij groot gelijk in. De briketten staan in acht sierlijke rijen tegen de buitenmuur in het schuurtje. Ertussen is een smalle doorgang, daar kun je een pak van de stapel halen, het plastic opensnijden en de houtkorf vullen. Dat doet Ibber nu. Ik sta in de deuropening en bewonder ons werk. Veel ervan heeft hij gedaan. Op het laatst werden de stapels zo hoog dat ik de pakken er niet meer bovenop kon krijgen, maar ze er bijna op moest gooien. De stapels werden instabiel en een ervan stortte in en nam een andere half in zijn val mee. Daarna deed ik alleen de onderste helften.

Toch ben ik het meest vermoeid. Mijn gezicht is nat van het zweet en ook mijn hals en mijn nek. Mijn handen zijn ruw van het werk. Ibber opent nog een pak briketten en maakt een bult op de houtkorf en zegt: 'Dat is wel genoeg voor anderhalve dag.'

Hij heeft zijn donsjack allang uitgedaan en op het haakje bij de achterdeur gehangen. Hij draagt een strak zittend, wit T-shirt, niet heel veel kleding voor een dag in januari.

'Ga nou maar douchen, dan zet ik koffie en maak ik een paar boterhammen,' zegt hij.

'Dat klinkt goed.'

Ik loop naar de badkamer en kleed me uit. Leg mijn kleren op de wasmachine en hang de gele handdoek die Putte mij al tijden geleden heeft gegeven naast de douchecabine klaar. Pak wat shampoo uit het grenen kastje. Plus een wegwerpscheermesje dat waarschijnlijk van John is.

Maar het lukt me niet het water te laten stromen. Er gebeurt niets, hoe ik ook aan de mengkraan draai. Ik stap uit de douchecabine en draai aan de kraan van de wasbak, dat is geen enkel probleem. Ik probeer het nog een keer. Trek dan snel mijn kleren aan, doe de deur open en roep naar de keuken: 'Weet jij wat er met de douche aan de hand is?'

Hij komt met een theedoek over de schouder naar me toe, stapt over de shampoo en het scheermesje heen de douchecabine in, draait aan de kranen, maakt een brommend geluid en stapt weer naar buiten. Bukt bij de wasbak en draait aan een kraantje eronder.

'De douche drupt, daarom draaien ze die toevoer dicht,' zegt hij.

Hij komt weer omhoog en glimlacht naar me, ik zie de helft van zijn gezicht ook in de spiegel, de theedoek is blauwgeblokt, zijn stem klinkt plagerig als hij zegt: 'Ben je hier nog niet onder de douche geweest, soms?'

'Jawel, jawel,' zeg ik. 'Maar toen regelden zij het water.'

Het is de weldadigste douche die ik ooit heb gehad. Ik sta er zó lang onder dat er op het laatst geen warm water meer is. Dan heb ik gelukkig de zeep al uit mijn haar gespoeld. Ik draai de kraan dicht en wrijf me met de handdoek droog. Mijn toilettas staat in de woonkamer, ik wikkel de handdoek om me heen en loop er achter Ibbers rug naartoe om die te pakken en neem schoon ondergoed mee. Als ik terugkom, ontsnapt er een wolk waterdamp via de badkamerdeur, ik moet de deur een stukje open laten staan, zodat de spiegel kan ontwasemen.

Ik borstel mijn haar en doe wat make-up op. Niet zo heel veel. Ik poets voorzichtig mijn tanden. Ik kleed me aan. Ik hang de handdoek over de stang van het douchegordijn en stap naar buiten. Het ruikt naar koffie en geroosterd brood. Ik leg mijn toilettas terug in de koffer en schuif die weer in de hoek. Ibber zit in de keuken te neuriën, ik hoor dat hij in een krant bladert. Het vuur brandt volop in de kachel. Ik zoek in de commode in de gang naar een haardroger en zelfs op de bovenverdieping, maar niet heel grondig, ik open alleen de deur naar de slaapkamer en kijk rond, en vervolgens loop ik weer naar beneden.

'Was het lekker?' vraagt Ibber.

Hij zit op de keukentafel met een sneetje casinobrood te zwaaien.

'Héél lekker,' zeg ik. 'Weet jij of Putte een haardroger heeft?'

Hij schudt zijn hoofd en zegt: 'Dat kan ik me niet voorstellen.'

'Het geeft ook niet. Ik kan het ook zo wel laten drogen.'

'Het is nu in elk geval heerlijk warm in de kamer,' zegt hij.

We zitten ieder aan een kant van de bank met de benen omhoog. Ik ben slap in mijn lichaam, ik ben schoongewassen en ik ruik lekker. Ibber houdt het bordje onder zijn kin, terwijl hij zijn brood met boter opeet. De boter drupt eraf. Ik moet voorzichtig bijten en aan een kant kauwen, maar koffie kan ik niet drinken, dat brandt te veel. Als Ibber zelf voor de derde keer inschenkt en me de thermoskan wil aanreiken schud ik mijn hoofd, hij buigt voorover en kijkt in mijn mok.

'Je drinkt toch koffie?' vraagt hij.

'Ja.'

'Maar je drinkt nu niets.'

'Hm.'

Ik schud mijn hoofd en zeg: 'Ik heb me gebeten. Koffie doet pijn.'

'In je wang?'

'Op mijn tong.'

'In je slaap?'

'Nee, ik ben gevallen.'

'Doet het erg zeer?'

'Een beetje.'

'Mag ik eens kijken?'

'Dan moet ik eerst even mijn mond spoelen.'

Ik loop naar de keuken, drink een glas water en kom terug in de kamer met mijn tong uit mijn mond, loop naar hem toe en zeg: 'Dáár.'

'Dáár? Ai. Het is blauw.'

'Echt waar?'

'Ja, een beetje blauwachtig. Kom hier eens naartoe.'

Hij schuift achteruit op de bank in de richting van het raam en draait zijn gezicht naar het licht. Ik buig voorover naar hem toe.

'Ik kan duidelijk zien dat het pijn gedaan heeft,' zegt hij.

Om hem heen hangt een lichte geur die me nog niet eerder is opgevallen, van naaldbomen of hars, een andere geur wasverzachter dan die van John en Putte of misschien een aftershave of eau de toilette.

Ik trek mijn tong terug en zeg: 'Zo erg is het ook weer niet.' Ik glimlach naar hem en hij tikt me voorzichtig op mijn wang en blijft me zwijgend met zijn ogen volgen terwijl ik achterwaarts naar mijn plek op de bank terug schuif.

Als Ibber klaar is met eten zet hij de tv aan en gaat er ontspannen bij liggen, met zijn ene arm over zijn hoofd heen en de andere met de afstandsbediening op zijn buik. Hij wisselt vaak van zender, stopt bij een commercial voor keukengerei, zapt door naar een documentaire over wolven. Af en toe kijkt hij naar mij. Hij trekt zijn ene wenkbrauw omhoog, glimlacht en vraagt: 'Ben jij niet moe? Zo echt zondagmoe?'

'Ja, een beetje.'

'Mm.'

Hij wisselt weer van zender. Een journalist doet verslag

terwijl hij voor een fontein staat. Zijn stropdas beweegt lichtjes in de wind, zijn pony valt steeds voor zijn ogen.

'Waar kende jij Putte nou ook weer van? Van het volwassenenonderwijs?' vraagt Ibber, nog steeds met zijn gezicht naar de tv gericht.

'O ja, Putte ging naar het volwassenenonderwijs,' zeg ik. 'Die pony is toch ongelooflijk, zeg.'

'Ja, hij ziet er belachelijk uit.'

Hij zapt verder. Ik sta op om met mijn beker naar de keuken te gaan en dan gaat opeens de telefoon. Ibber zet het geluid van de tv uit als ik opneem.

'Waarom neem jij de telefoon niet op?' vraagt Elly.

'O, was jij dat vanochtend? Ik heb wel gehoord dat hij een paar keer ging.'

'Ik heb de hele dag door gebeld.'

'O. Nou ja, we hadden briketten gekregen, dus was ik buiten bezig.'

'Zijn ze dan al thuisgekomen?'

'Wie?'

'Nou, John en Putte.'

'Nee, nee. Hij wordt waarschijnlijk morgen ontslagen.'

'Maar je zei net "we".'

'Zei ik dat?'

'Misschien hoor je al bij de vaste inventaris, zoals dat heet. Gisteren ben je niet langs geweest.'

'Nee, dat spijt me. Ik moest naar de winkel waar Putte werkt.'

'O, waarom dat?'

'Ik moest iets afgeven.'

'Wat?'

'Een paar dingen die Putte had geleend.'

'Het kabouterlandschap soms?'

Dan staat Ibber op van de bank en loopt geruisloos door de kamer, hij aait me zachtjes over mijn rug als hij naar zijn donsjack gaat dat over een stoel bij de eettafel hangt.

'Ja, het waren allerlei kabouters.'

'Hoe ben je daarheen gegaan?'

'Op de fiets.'

'Dat is een flink eind. Dan heb je ook sneeuw gehad.'

'Een beetje maar. Het dooide.'

'Had Anne Grethe die kabouters zelf niet kunnen ophalen?'

'Ik had behoefte aan wat beweging.'

Ibber sluipt terug door de kamer, hij zwaait met een stapel lottoformulieren voor zich uit en wijst naar de telefoonhoorn, ik knik.

'Ik heb trouwens je lottoformulieren,' zeg ik.

'Echt waar? Had hij ze ingeleverd?'

'Dat denk ik wel. Er zitten in elk geval deelnemingsbewijzen bij.'

'Hoe heb je die gekregen?'

'Ibber had ze bij zich.'

'O, is Ibber bij jou?'

'Nee, niet meer.'

'O. Ja, want anders zijn jullie natuurlijk beiden van harte welkom.'

'Ik kom ze wel brengen.'

'Hoe laat denk je dat het wordt?'

'Ik kom er zo aan.'

'Nou, dat is in *Ordnung* hoor, Bente.'

Ibber verontschuldigt zich nadat ik de telefoon heb neergelegd.

'Het was wel een beetje cru van me om het op jou af te schuiven,' zegt hij.

'Ik heb er niets tegen om ermee naar haar toe te gaan.'

'Ik had even geen zin om naar haar te moeten luisteren.'

'Geen probleem, ik doe het graag. Ik begrijp best dat je moe bent.'

'Het kost je minstens een halfuur, voordat je daar weer weg bent.'

'Ik heb tijd genoeg.'

'Weet je wat?' zegt Ibber, 'dan ga ik ondertussen naar de honden toe. Heb je die rundersteaks nog?'

'Ja, ik ging ervan uit dat jij die samen met mij zou eten.'

'Dat was ook mijn oorspronkelijke bedoeling,' antwoordt hij.

Het is nu pikdonker. Toch wil Ibber niet langs Elly's huis, hij loopt langs de zee en via een klein paadje door het bosje weer terug naar de hoofdweg. Ik sta met de lottoformulieren in de hand op de stoep voor het huis tot ik het witte donsjack heel ver voor me zie oplichten. Ik blijf staan tot hij is verdwenen. Dan stap ik in mijn rubberlaarzen het trottoir op. Het licht uit Elly's huis valt op de weg, een papierknipsel dat bovenaan voor het ene raam hangt, werpt zijn schaduw op het asfalt. Het draait om zijn as.

Nog voor ik kan aankloppen gaat de deur al open. Ze heeft een roze kapmantel over haar schouders en een stalen kam in haar hand, de stank van sigarettenrook ontsnapt uit de entree. Ze steekt de andere hand demonstratief naar voren met de handpalm naar boven.

'Dank je wel,' zegt ze en ze drukt haar duim boven op de lottoformulieren als ik het stapeltje in haar hand heb gelegd. De arm verdwijnt achter haar rug, ze kijkt schuin naar me omhoog en doet alsof ze me met de stalen kam bedreigt terwijl ze glimlacht.

'De volgende keer kom je als je dat beloofd hebt, hoor,' zegt ze en voegt eraan toe: 'Een fijne avond nog, jongedame.'

Dan gaat de deur dicht, haar kleine gestalte draait zich achter het raampje om en verdwijnt, in het halletje gaat het licht uit.

De lucht is helder en fris. Nu heb ik tot Ibber terug is ineens een heleboel tijd over. Ik draai me om en loop het pad af. De geur van zout water wordt sterker. Ik sta met mijn gezicht naar de zee. Een bruisende, open duisternis. Ik leg mijn hoofd in mijn nek en sta even te luisteren. Loop verder langs het pad naar het bosje met berkenbomen. Aan de andere kant ervan brandt een eenzame straatlantaarn. Ik loop naar de hoofdweg en vervolgens in de richting van het boerderijtje. Nu wordt het echt donker en ik ga langzamer lopen. Af en toe zet ik een stap in de berm. Als ik op de onverharde weg ben, zie ik dat er licht brandt in het woonhuis. Het is een geel, vriendelijk licht. Vijf lichtgevende vensters. Een ronde lamp als een kleine maan ergens op het erf. Opeens stuift er een hond op me af, ik val bijna om, de hond rent jankend om me heen en duwt tegen me aan, ik aai hem over de gladde vacht en praat tegen hem. Dan verdwijnt hij in een wolk rondvliegend grind door het donker over het veld.

Als ik op het erf kom, zie ik Ibber achter een van de ramen. Ik loop naar de openstaande deur, ik klop voorzichtig op de deurpost.

'Ik ben het maar, hoor,' zeg ik.

'Hé, ben jij het?'

Hij komt uit wat waarschijnlijk de keuken is. Ik zie binnen het uiteinde van een klepbank, wit geschilderd, een soort lantaarn hangt aan een haakje in de hoek.

'Heb je nu al weten te ontsnappen? Heb je geen koffie gehad?'

'Volgens mij was ze ergens mee bezig. Ze was haar haar aan het doen.'

Hij schudt zijn hoofd en zegt: 'Ongelooflijk. Jeetje. Een moment.'

Hij verdwijnt weer in het huis, het licht gaat binnen uit, ik stap van de stoep op de kinderkopjes. Nu is er alleen nog de lamp op het erf over. Hij doet de deur naar de keuken dicht en daarna de zware voordeur, draait die op slot en stopt de sleutel in een pot vol aarde, maar zonder plant.

'Ik was even binnen om de verwarming aan te zetten.'

'Een van de honden kwam op de inrit op me af stormen.'

'Schrok je?'

'Een beetje.'

'Je kunt hier ook geen hand voor ogen zien. Nou, we kunnen ze maar beter terughalen.'

We lopen om de stal heen naar de ren, Ibber zet het fluitje aan zijn mond. Het duurt maar even en dan staan beide honden kwispelend en buiten adem voor ons. We prijzen ze en laten ze naar binnen. Ze verdwijnen snel via het luikje in het hok en wij volgen hen via de staldeur. Ik loop direct door om het droogvoer in de emmer te doen, loop terug en kiep het in de schalen. Ibber ververst het water en haalt een hondendrol van de vloer. Hij brengt die op een schepje naar buiten.

'Ze doen normaal nooit hun behoefte hierbinnen,' zegt hij.

We staan eventjes naar ze te kijken terwijl ze aan het eten zijn, vervolgens stappen we het erf op en lopen terug over de onverharde weg, hij schijnt met zijn mobiele telefoon voor ons uit.

'Daar gebruiken we onze mobiele telefoons hier het meest voor,' zegt hij.

We lopen vlak naast elkaar. Het geeft een knisperend geluid wanneer mijn schouder zijn donsjack raakt. Op de hoofdweg blijft hij een moment staan en draait zich naar mij om, aait me een keer over mijn haar zodat ik mijn ogen neersla, hoewel ik hem bijna niet kan zien. Ik schraap mijn keel.

'Heeft jullie oom altijd alleen gewoond?' vraag ik.

'Hoe bedoel je?'

'Nou, gewoon, toen ik daarnet naar binnen keek. Het zag er uit alsof er ook een vrouw heeft gewoond.'

'Dat is alweer een hele tijd geleden. Kon jij dat zien?'

Ik haal in het donker mijn schouders op en antwoord: 'Het was gewoon een gevoel.'

'Nu kun je met mij meelopen en mijn huis bekijken,' zegt hij. 'Daar woon ik in mijn eentje. Ik heb nog een fles wijn, die kunnen we meenemen voor bij de rundersteaks.'

'Kook jij?'

'Grappig dat je dat vraagt. Ik had al het sterke gevoel dat jij niet zo'n geweldige kok was,' zegt hij en hij lacht.

'Wij kunnen er wat van,' zeg ik.

26

Vanbinnen is Ibbers huis haast een volmaakte kopie van
dat van John en Putte. Om een of andere reden maakt
het me ontzettend verdrietig. De twee kleine kamers ruiken zurig, naar fruit of een soort kauwgum. Ik loop rond
en bekijk de planten, de kandelaars op de tv en de wand-
lamp boven de kunstleren bank. Er staat geen groengeverfde kist, in plaats daarvan heeft hij een geloogde kin-
derpo staan met een varen in het gat. Ik krijg bijna tranen
in mijn ogen als ik hem zie. Hij is naar het toilet, ik hoor
hem doortrekken. Daarna rinkelt het uit wat zijn bijkeuken moet zijn. Hij komt op sokken terug bij mij in de kamer met een fles rode wijn in de hand, hij krabt aan zijn
nek.

'Het stinkt hier een beetje, dat is van de kalkreiniger.
Had jij nog aardappelen?' vraagt hij.

'Ja, die had je ook voor mij gekocht,' antwoord ik zonder hem aan te kijken en ik draai me om naar de boekenkast.

'Mooi. Hij daar heet Rasser, dat is gewoon een geintje,'
zegt hij als ik naar een ingelijste foto van een slapende,
jonge man kijk. De man heeft zijn armen over elkaar heen
geslagen en heeft een onderkin, zijn mond staat halfopen.

'Jij woont hier prachtig, zeg,' merk ik op.

Mijn stem klinkt wat gespannen. De punt van mijn tong is daarentegen niet langer gevoelloos.

'Herken je de bank?'

'Is die hetzelfde als John en Puttes?'

Hij knikt en zegt: 'Mm. We hebben ze uit een meubelmagazijn bij Skælskør. Er zijn er niet zo heel veel van gemaakt.'

'Ah, op die manier.'

'Zullen we eens wat gaan eten? Om eerlijk te zijn heb ik een behoorlijke honger.'

'Ja, laten we dat maar doen,' antwoord ik en ik loop met hem mee naar de entree, hij houdt de deur voor me open.

Op de terugweg zeggen we niets. De fles wijn slaat ritmisch tegen een rits van zijn donsjack, hij schraapt zijn keel, draait zich een beetje naar me toe en glimlacht naar mij, ik kijk naar mijn voeten en naar zijn witte gympen, die oplichten in het donker dat zich snel uitbreidt.

Terwijl hij in de keuken bezig is, zit ik rechtop op de bank met mijn handen op mijn schoot. Mijn nagels beginnen wat te rafelen en de huid op mijn vingertoppen is ruw geworden na de klus met de briketten. Hij staat te fluiten achter de afzuigkap, het sputtert en sist als hij de steaks in de pan doet. Dan neemt het geluid af, de geur van het gebakken vlees verspreidt zich, een garde tikt tegen de steelpan.

'Dek jij de tafel?' roept hij, maar hij loopt meteen daarna met de borden waarop twee glazen balanceren naar de eettafel, zet ze neer en draait zich om, kijkt de kamer in en vraagt: 'Hé zeg, wat is er met jou aan de hand?'

'Niks,' antwoord ik en ik kom overeind, wurm me rond de salontafel en loop naar de rolkoffer. Ik leg hem neer en rits hem open, rommel tussen de lagen kleren en spullen, de vele kledingrollers. Hij staat naar me te kijken.

'Zoek je iets?' vraagt hij.

'Ja, dit,' zeg ik en ik rommel verder, terwijl hij blijft staan. De afzuigkap maakt lawaai, ik heb geen idee wat ik zoek, maar trek een groene sjaal uit de koffer en sta weer op, sla de sjaal om mijn nek.

'Heb je het koud? Zo meteen krijg je eten en een glas wijn, dan word je vanzelf wel weer warm. Daar moet er ook nog eentje bij op,' zegt hij en loopt naar de kachel toe. Hij doet het deurtje open, legt twee briketten op de smeulende resten en blijft er op zijn hurken voor zitten, totdat de briketten vlam vatten. Dan doet hij het deurtje dicht en gaat terug naar de keuken.

Ik dek de tafel. Ik voel dat hij me vanuit de keuken in de gaten houdt. De groene sjaal ruikt naar een parfum dat ik een poosje gebruikte, Sans Souci. Bjørnvig had het voor me meegebracht na een moedervlekkencongres in Münster. In het begin vond ik dat het vreselijk naar lelies stonk, daarna raakte ik eraan gewend. Nu hangt hij om mijn hals, een zoete, warme, meegebrachte geur. Ik ga aan tafel zitten, hoewel Ibber nog niet helemaal klaar is, de aardappelen staan nog te koken. Hij tilt het deksel op en prikt met een vork in de aardappelen, giet het water af. Hij komt binnen met de aardappelen in een schaal en een saus in een kan, daarna haalt hij de koekenpan en legt een rundersteak op elk bord, de kleinste voor mij.

Ik zit maar in het vlees te snijden. Ibber lijkt geen problemen te hebben, hij snijdt grote stukken af en zit ijverig te kauwen, praat met eten in zijn mond over de voordelen van de buurtsuper, want hoewel de prijzen onrealistisch hoog zijn, kun je er wel een vers stuk vlees van goede kwaliteit krijgen zoals dit hier. Het is natuurlijk ook iets gevoelsmatigs, dat geldt voor iedereen in de familie. Hun moeder was er meer dan acht jaar chef van de groenteafdeling. Het is wel een heel stuk rijden, na de tweede rotonde anderhalve kilometer in de richting van Næstved. Maar de bus stopt er precies voor de deur, dus meer kun je haast niet verlangen. Ja, dus niet de bus die helemaal hiernaartoe rijdt, maar die andere. De bus die bij de eerste rotonde stopt, en dan fietsen ze het laatste stuk. Kan ik mijn biefstuk niet eten? Is dat vanwege mijn tong?

Ik knik en hij buigt naar voren, prikt mijn rundersteak aan zijn vork en legt hem op zijn bord. Hij trekt de schaal met aardappelen naar zich toe en schept op, giet er saus uit de kan overheen. Dan zit hij met gesloten mond te eten en glimlacht naar mij, knikt bij elke kaakbeweging, zijn gelaatsvorm is heel aantrekkelijk, breed en open, zijn ogen helderblauw en heel levendig.

'Neem me niet kwalijk dat ik wat afwezig ben,' zeg ik.

'Dat begrijp ik best met die mond,' reageert hij. 'Je kunt helemaal niet eten, kun je wel iets drinken, eigenlijk?'

'Ja, dat wel. Het doet nu ook bijna geen pijn meer.'

'Je hebt misschien helemaal niet zo'n honger.'

'Nee, misschien is dat het.'

'Nou, proost dan maar.'

'Ja, proost.'

We zitten niet lang aan tafel. We ruimen af en doen de afwas, alsof het heel belangrijk is om dat te doen, vlak na-dat we onze laatste hap gegeten hebben. Misschien om-dat het niet ons huis is. Ibber wast en ik droog. Er staan ook een paar bordjes met kruimels en een paar koffie-mokken die ik heb laten staan. Mijn humeur is een stuk beter geworden. Als we klaar zijn, loop ik naar de woon-kamer, pak mijn wijnglas van tafel en drink en loop wat met het glas heen en weer. Hij loopt ook naar de tafel, droogt zijn handen af aan zijn spijkerbroek, voordat hij zijn eigen glas pakt.

'Waarom zijn we eigenlijk niet bij jou gaan eten?' vraag ik.

'De biefstukken lagen immers hier,' antwoordt hij. 'Hier is het veel gezelliger, en het ruikt ook veel lekker-der.'

'Vind je?'

'Ik denk dat het komt omdat jij op de bank slaapt, het is jouw geur.'

'Ha ha.'

'Dat is een mooie sjaal. Hij staat je goed.'

'Dank je.'

Als we de fles wijn op hebben, vindt hij helemaal achter in een van de keukenkastjes een halve fles Metaxa. Die is zo oud dat er waarschijnlijk geen alcohol meer in zit. Hij heeft hem zelf vijfenhalf jaar geleden voor Putte meegenomen van Rhodos en het smaakt afschuwelijk, niemand van hen drinkt normaal gesproken alcohol.

Hij schenkt twee glazen in. Een bodempje. Pakt ijsklontjes en doet er drie in elk glas.

'IJs is goed voor je,' zegt hij.

Hij had ook nog een potje olijven meegenomen van die reis, die staan nog steeds bij hem in de koelkast en lijken nog goed te zijn. Maar hij kan toch niet tegen de smaak van olijven, verbrand rubber, zegt hij en legt zijn hand op mijn schouder, strijkt naar beneden over mijn arm. Ik leg mijn hand boven op de zijne en laat me dan tegen hem aan vallen, zijn borstkas is groter dan verwacht onder het verbleekte T-shirt dat heel plotseling over zijn hoofd verdwijnt. Zijn hoofd beweegt zich naar beneden in mijn richting, zijn mond bevindt zich vlak voor de mijne. Ik ruik mijn sjaal en zijn adem. De slok Metaxa, hij moet in de keuken al hebben geproefd. Dan draait hij zich om en grijpt naar achteren om zijn glas te pakken, vult zijn mond, spoelt, slikt en kijkt naar mij.

'Neem maar een slok. Dat definieert je tong,' zegt hij.

Dan heb ik al spijt, maar het is inmiddels veel te laat, mijn sjaal gaat af en de rest van mijn kleren uit, afgezien van hemd en bh. Puttes skisokken hebben rond mijn enkels strepen achtergelaten. Witte, droge winterbenen tegen al die gladheid, het is lang geleden dat ik in de buurt van zoiets glads geweest ben.

In de loop van de avond en nacht drink ik heel wat Metaxa. Ibber vindt dat hij niet hoeft te drinken, voor hem is het genoeg om mij te zoenen. Hij ligt naakt op zijn rug en trekt steeds mijn gezicht naar zich toe. Ik ben overweldigd door zijn tederheid. Hij aait me over mijn rug en glimlacht veel, zijn ogen glanzen.

Even na middernacht gaat hij naar de keuken om een omelet met geroosterd roggebrood te maken. Hij serveert me die op de bank, wikkelt me in een plaid en stopt een paar kussens achter mijn rug. Eerst zit hij naar me te kijken terwijl ik eet. Dan begint hij zelf ook, zijn kaken malen, hij is volledig in beslag genomen door wat er op zijn bord ligt. Doopt stukken van de omelet in ketchup en kauwt terwijl hij het roggebrood doorsnijdt en de volgende hap klaarmaakt. Ik zit daar ingestopt rechtop en wil zijn aandacht terug, dat verrast me enigszins. Ik vraag zelfs om nog een stukje, hoewel ik vol zit. Hij tilt het met twee vingertoppen omhoog en reikt het me dwars over de bank heen aan, en keert dan terug naar zijn eigen bord.

Na de omelet staat hij op en pakt een sigaret uit een pakje dat boven op de boekenkast lag, steekt die staand aan, wijst op het pakje en werpt me een vragende blik toe terwijl hij inhaleert. Ik schud mijn hoofd en hij blaast rook uit. Hij loopt naar de bank en gaat op het randje zitten, maakt twee grote rookringen, zijn kaken maken krachtige bewegingen en de ringen lossen boven de salontafel op.

'Je zei iets over je moeder,' zeg ik als ik een paar uur later in de hoek van de bank in zijn armen lig.

'Is dat zo? Ze leeft namelijk helaas niet meer.'

'Waaraan is ze gestorven?'

'Een soort hartstilstand. Ze was chef van de groenteafdeling, namelijk. Heb ik dat verteld?'

'Je zei iets over de buurtsuper.'

Hij knikt en zegt: 'Ja, daar werkte ze. Ze waren heel vriendelijk. Ze kwamen hier met de ene mand met boodschappen na de andere. Het was namelijk nogal moeilijk voor ons.'

'Wanneer was dat?'

'In februari is het twee jaar geleden. Moeder en Eskild woonden toen namelijk in het huis.'

'Jouw huis?'

'Mm.'

'Waar woonde jij dan?'

'Ja, ik woonde daar ook. Of, beter gezegd, ik was niet zo vaak thuis. Dat was in de tijd dat ik als ziekenbroeder in het ziekenhuis van Næstved werkte.'

'Dus toen was je Karina al tegengekomen?'

'Katrine. Ja. Maar toen moeder overleed, verhuisde Eskild naar Næstved en toen heb ik het huis overgenomen. Heeft Putte je daar niet over verteld?'

'Niet zo uitvoerig.'

'O.'

'Is Eskild niet jullie vader?'

'Jazeker wel. Hij heeft alleen niet altijd Eskild geheten. Vraag me niet waarom. Dat is waarschijnlijk vanwege de naam. Die is ook nogal speciaal.'

Even na drieën valt hij in slaap. Ik lig op zijn arm, dat lijkt hem niet te storen. In zijn slaap trekt hij me naar zich toe, legt zijn gezicht dicht tegen mijn hals aan. Ik voel zijn ademhaling in de holte bij mijn sleutelbeen. Ik wilde dat hij wakker was en dat ik sliep. Ik probeer mijn hoofd leeg te maken. Of beter gezegd: mijn gedachten de vrije loop te laten. Ik denk aan een groot grijs vlak, aan rozenstruiken, aan de zee die daarbuiten ligt, aan port, aan herfstbladeren. Ik moet denken aan het geluid van Bjørnvigs klompen wanneer hij uit de auto stapt en vanuit de carport naar het huis loopt, zijn hakken op de tegels. Ik breng mijn kin naar Ibbers wang, hij beweegt, zijn ademhaling verandert, hij gaat even verliggen en fluistert van beneden: 'Kun je niet slapen?'

'Jawel, jawel,' fluister ik terug, en vervolgens slaat hij beide armen om me heen, hij zoent me op mijn wang en aait over het haar in mijn nek. De kachel gloeit, de kamer heeft een licht oranje glans.

Het is al helemaal licht als we wakker worden van het geluid van een auto die voor het huis parkeert. We komen al struikelend van de bank omhoog, Ibber heeft in een handomdraai zijn kleren aan. Zelf kan ik niets vinden, sta als verlamd midden in de kamer met een skisok in de hand. Ibber werpt een snelle blik door de lamellen heen en zegt: 'Carsten heeft ze thuis gebracht.'

'Carsten?' vraag ik.

'De metselaar. Ik ga naar buiten,' zegt hij en hij loopt via de keuken naar de achterdeur en stapt naar buiten, de deur valt dicht en even later klinken er stemmen en gelach vanaf de weg, ook Ibbers stem en lach, en uiteindelijk vind ik mijn broek achter de houtkorf en trek ik mijn kleren aan. Ik bekijk mezelf even snel in de spiegel in de entree, ik zie er fris genoeg uit, heb kleur op mijn wangen en gelukkig heb ik een elastiekje in mijn broekzak, ik doe snel mijn haar bij elkaar en open de voordeur.

Ze staan in een groepje bij elkaar op het trottoir. Als de deur opengaat, draaien de gezichten zich naar mij om. Putte begint te glimlachen.

'Bente,' zegt ze.

John glimlacht ook. Hij tilt zijn ene kruk op en begroet me blij, hij draagt een grijze joggingbroek en badslippers. Ibber staat tussen hen in, hij kijkt naar de trottoirtegels en klopt zachtjes op Johns ene arm, de metselaar begint hard te lachen. Hij is echt een slungelige man. Het portier van de fourwheeldrive gaat open, daar zit hun oom in met een gestrekt been en de typische, stralende ogen van de familie.

'Waar heb ik de eer aan te danken?' vraagt hij en hij gebaart me naar hem toe te komen. Ik geef hem een hand en hij houdt die vast, terwijl hij me bedankt voor al mijn hulp met de honden. Ik ben een beetje verbaasd, hij is van mijn leeftijd en heel aantrekkelijk, zijn haar is half-lang en naar achteren gestreken, zijn hand is warm en droog.

'Wat de drommel,' zegt John die zijn bovenlichaam heeft omgedraaid.

Elly is op weg naar ons toe achter een rollator, het gaat redelijk snel. Ik sta nog steeds met de hand van hun oom in de mijne. Putte staat naar me te kijken, ze kijkt van mij naar Ibber die nog altijd naar het trottoir staart. De metselaar draait zich om en loopt naar Elly toe, leidt haar om een scheve stoeptegel heen, en vervolgens horen we het geluid van een andere auto, die achter het berkenbosje verschijnt en op ons afkomt. Nog een fourwheeldrive, glanzend blauw metallic.

'Dat is Pilegård. Dat is echt jaren geleden dat we hier zoveel verkeer hadden,' zegt John, en dan is Elly bij ons, ze is buiten adem na haar wandeling en staat even uit te blazen.

'John, er ontbreekt een lottoformulier,' klinkt het vervolgens.

'Wat zeg je?' vraagt Putte, maar nu is het portier van de andere auto opengegaan en stapt Pilegård uit. Hij komt naar ons toe, groet met twee vingers tegen de klep van zijn pet en gaat tussen de metselaar en Elly in staan. Haar lichaam beeft.

'Er is 274 000 op gevallen. Ik weet het zeker, want het waren mijn getallen.'

'Het betreft de verhuur van het huis op het eiland,' zegt Pilegård.

Dan laat de oom eindelijk mijn hand los, ik kijk naar Putte die met haar hoofd schuin staat te kijken en vervolgens naar Ibber, die in zijn witte T-shirt staat te rillen.

'Onder andere twee, zeven en veertien,' zegt Elly.

'Drieduizend vijfhonderd per maand,' zegt Pilegård knikkend, terwijl Elly verder gaat.

'En zeventien.'

'Wat zeg je nou allemaal, Elly?' vraagt John en vervolgens kijkt Ibber vragend naar mij, hij ziet er een beetje slaperig uit en slaat zijn armen over elkaar. Nu kijken ze allemaal naar mij, Elly kijkt schuin omhoog van achter haar rollator, hun oom in de auto schraapt zijn keel, maar Putte neemt het woord.

'Nu gaan we naar binnen om koffie te drinken, we hebben van die lekkere puddingbroodjes gekocht bij het benzinestation,' zegt ze en ze loopt op me af, steekt haar arm door die van mij en laat ons de rest van het gezelschap naar binnen leiden.

27

Op de derde dag van het jaar maakte Anja bekend dat er voor haar geen olievat aangekleed als pepermolen hoefde te komen. Gitte had voor de kerstlunch in de kliniek andijvie meegenomen in een zogenoemde thermobox. Ze hadden aan de wiebelende klaptafel in de wachtkamer met kerstbier zitten proosten. Bjørnvig vertelde hoe Anja's ogen fonkelden. Als een vaste ster, zei hij.

Ik was trouwens de schoolpsycholoog tussen kerst en oud en nieuw in het plantsoen tegengekomen en hij had nergens iets over gezegd. Ik vroeg Bjørnvig of er daadwerkelijk sprake was geweest van een aanzoek. Dat dacht hij absoluut.

Voor Gitte was het enigszins moeilijk het nieuwtje te bevatten, ze had een traantje weggepinkt in een papieren servet, maar toen had Bjørnvig gelukkig een ander nieuwtje kunnen vertellen, eentje dat haar enorm had opgevrolijkt. Nu was het mijn beurt dat te horen.

Ik stond bij het raam met mijn hoofd half in de grijze plaid. Je kunt beter even gaan zitten, zei hij. Dat wilde ik niet, ik trok de plaid een stukje open en keek naar het groenblijvende donker, het was bijna acht uur 's avonds. Ik dacht aan van alles, bovenarmen, appelboomtakken, mijn rampzalige gebraden gans, het vooruitzicht op een nieuw jaar met niks.

'Ik heb een boek geschreven,' zei Bjørnvig, en hij vervolgde: 'Samen met Gitte. Zij vertelde en ik schreef. Het is vrijdag geaccepteerd. Ik hoop dat je het niet erg vindt. Het is maar een klein boekje en het is heel iets anders dan wat jij schrijft.'

Toen ben ik gaan zitten. De volgende ochtend ben ik weer opgestaan en heb ik een bus genomen.

28

Voor John is op de bank een bed gemaakt. In zijn rug heeft hij twee kussens van het andere deel van de bank, zijn gewonde been ligt op een derde. Hij heeft zijn badslippers uitgewipt, een ervan houdt hij in zijn hand alsof het een afstandsbediening is. Hij kijkt naar een serie over een plattelandsdokter. De lamellen van een jaloezie staan open en het laatste middaglicht valt gedempt en gestreept op zijn grijze joggingbroek. Achter de jaloezie staat een raampje open, de sigarettenrook van Elly hangt nog steeds in de kamer. De jaloezie kleppert. Het suist in het rookafvoerkanaal van de kachel.

In de keuken staat Putte aardappelen te schillen. Ze wil geen hulp. Af en toe raakt ze de rand van de gootsteen met haar schilmesje, dat geeft een klein tikje. Ze is grondig. Ze bestudeert iedere aardappel heel nauwkeurig als ze denkt dat ze ermee klaar is. Ze houdt hem onder de lamp, bekijkt hem en laat hem vervolgens in de pan plonzen, zodat het water opspat. Haar vlecht hangt over haar borst en loopt uit in een borstelige staart. Er zit een rood elastiekje omheen. Haar lippen zijn ook rodig. De vlecht maakt haar hoofd klein en haar gezicht rond. Ze tilt haar kin op en kijkt over de gootsteen de kamer in, haar ogen schitteren, haar hand gaat met een aardappel er in omhoog ter goedkeuring. Daarna plonst hij tussen de andere.

Ik zit op het uiteinde van de bank dat het dichtst bij de kachel is. Mijn wang gloeit. Als ik mijn gezicht naar de kachel draai, gloeien mijn ogen ook, als na langdurig huilen of bij grote vermoeidheid. De jaloezie beweegt bij elke windstoot als een golf, gevolgd door de geur van de zee. De stank van sigarettenrook zou snel verdwenen zijn, ware het niet dat Ibber voorover leunt om het pakje sigaretten van tafel te pakken. Met een hand schudt hij er een sigaret uit, stopt die in zijn mond en steekt hem aan. Hij neemt zijn positie naast mij weer in, rechtop. Ik zit op dezelfde manier als hij, twee stijve figuren op een bank.

Hij houdt boven op een van de velours kussens mijn hand vast. Zijn vingers vlechten zich in de mijne, hij houdt me stevig vast. Neemt een trek van de sigaret en blaast de rook schuin naar beneden. Daar beweegt hij parallel aan Johns lichaam en wordt door de volgende windstoot opgelost.

We eten karbonades en gestoofde groenten met een sausje. Dat is Johns lievelingsgerecht. Putte loopt in de keuken te neuriën. Haar stem klinkt zachtjes en helder. Op tv trekt de plattelandsdokter een hulpeloos gezicht, John lacht zacht, zijn lach gaat over in een hoesten. Ibber neemt weer een trekje van zijn sigaret en blaast deze keer de rook omhoog naar het plafond.

29

Ik heb de taak op me genomen om met de honden te helpen. Hun oom kan met zijn knie nog niet over de keien van het erf lopen. Ik moet ze dus, zoals gebruikelijk, 's ochtends en 's middags uitlaten en voeren. De avondronde kan wachten tot Ibber terug is.

Ik zit in de woonkamer en trek een setje thermokleding aan. John ligt nog boven in de slaapkamer te slapen, het verblijf in het ziekenhuis heeft hem meer vermoeid dan je zou verwachten. Hij heeft vannacht ook slecht geslapen, Putte vertelt hoe hij lag te zuchten.

'Telkens wanneer ik dacht dat hij sliep, hoorde ik dat hij toch wakker was,' vertelt ze.

Zelf ziet ze er wat slaperig uit. Haar haar hangt los over de nachtjapon. Ze zit op mijn dekbed met haar benen opgetrokken onder haar nachtjapon en haar handen rond haar enkels geslagen. Haar schouders bewegen op en neer.

'Dat komt doordat hij met zijn been maar op een manier kan liggen,' zegt ze.

Ik heb de kachel aangestoken. Het vuur brandt lekker. Ik trek mijn thermobroek tot aan mijn borst op, rits het jack dicht en trek het helemaal naar beneden. Doe een stap achteruit in de entree om de overall van het haakje te pakken en loop terug naar de kamer. Putte kijkt naar me, glimlacht en zegt: 'Het lijkt al alsof je nooit andere kleren hebt gedragen. Echt ontzettend bedankt. Ook voor dat met de briketten.'

'Ibber heeft het grootste deel van het werk gedaan, hoor.'

'Ach ja, Ibber.'

Ze glimlacht weer, dan laat ze haar hoofd voorover vallen, begint onder al dat haar te giechelen en slaat het dan terug. Ze zegt: 'Het is lang geleden dat ik Ibber zó heb gezien. Zei je dat hij saus had gemaakt?'

Ze wil proberen wat te slapen terwijl ik naar de honden ga. Ze gaat onder mijn dekbed op de bank liggen, ze wil niet het risico lopen John wakker te maken, die nu eindelijk in slaap is gevallen. Ze trekt het dekbed zo over haar hoofd heen, dat alleen de neus en de ogen nog vrij zijn.

'Slaap lekker in je iglo,' zeg ik.

'Wat?' vraagt haar stem onder het dekbed.

Ik schud mijn hoofd en glimlach naar het dekbed, doe de deur naar de kamer voorzichtig achter me dicht, trek de rubberlaarzen aan en stap naar buiten.

De zon is al een beetje opgekomen boven land, de hemel vertoont strepen in verschillende tinten rood tussen de wolken. Een zwerm zwijgende kraaien zit in een groepje bij elkaar een stukje verder de straat af, ze scharrelen in iets op de rijbaan en vliegen op als ik naar ze toe kom lopen. Ze verdwijnen over het berkenbosje. Boven zee is de hemel bedekt met een grijzige wolkenlaag. Op het moment dat ik langs Elly's huis loop, gaat achter me de voordeur open. Ik hoor een klik van de deurklink en vervolgens een gesmoorde radiostem en ik draai me om. Elly staat op de trap en roept: 'Hé, ongeluksvogel, kom eens hier.'

Ook al staat zij op het trapje en ik op het trottoir, toch moet ze schuin naar me opkijken, ze is echt een heel klein mensje. We staan gezamenlijk naar de roodgestreepte lucht te staren, terwijl de kraaien nu vanuit het berkenbos krijsen.

'Leven ze daar nog?' vraagt ze.

Ik knik en antwoord: 'Ja, en het gaat uitstekend met ze.'

'Slapen ze nog?'

'Nee, nee,' zeg ik.

'Goh. Ze zullen anders wel moe zijn na zo'n toestand. Is Ibber nu naar de stad vertrokken?'

'Ja, hij is weggegaan.'

'Moest hij nou een keuken installeren?'

'Volgens mij gingen ze vloeren leggen.'

'Hm. Wanneer is hij terug?'

'Dat weet ik niet.'

'Weet je dat niet?'

'Nee.'

'O. Nou, dan zal het wel bijna de hele week zijn. Ja, vast.'

Ze wrijft over haar schouder alsof ze het warm wil krijgen, snuift een keer luid door haar neus en zegt: 'Ik weet niet wat ik van dat lottoformulier moet denken of geloven. Jij wel?'

'Ik denk dat John gelijk had. Je hebt je het vast verkeerd herinnerd.'

Ze schudt haar schuine hoofd en antwoordt: 'Jullie weten niet wat het betekent je iets te kunnen herinneren. Ik gebruik die reeks al jaren. Die vergeet je niet. Het zijn allemaal getallen die met twee en zeven te maken hebben.'

'Ik begrijp heel goed dat het vervelend is.'

'Twee en zeven zijn mijn geluksgetallen. Zeven dagen in de week en twee omdat je met z'n tweeën hoort te zijn. Dat weet John ook heel goed. Ik zeg niet dat ik iemand verdenk.'

'John heeft geen tijd gehad om aan de lotto te denken, Elly.'

'John heeft alleen máár tijd gehad,' zegt ze en ze schudt opnieuw haar hoofd. Dan vraagt ze: 'Heb je een afspraak met Pilegård kunnen maken?'

'Misschien. We moeten het even aankijken.'

'Dat snap ik. Nou, doe ze de groeten daar.'

'Dat zal ik doen.'

Ik loop in een stevig tempo de hoofdweg af. De gure lucht doet me goed, ik zuig hem diep in mijn longen. Mijn stappen zijn in de rubberlaarzen helemaal niet te horen, het is voor mij een nieuw gevoel om geluidloos op stap te zijn. Het enige geluid komt van de thermokleding die onder de overall zachtjes knispert. Het asfalt is gitzwart, alsof het heeft geregend. Aan mijn linkerkant zijn de akkers prachtig gestreept, de voren diep en modderig. Ik sla af in de richting van het boerderijtje, op de onverharde weg klinkt er geluid bij elke stap die ik zet.

Van veraf zie ik dat de deur naar het woonhuis openstaat. Binnen brandt een gele lamp en als ik dichterbij kom hoor ik zacht klassieke muziek uit de deuropening komen. Ik loop de trap op naar het woonhuis en stap de bijkeuken in. Oom heeft zich ingericht op de klepbank, met kussens in zijn rug en zijn been uitgestrekt. De keuken ruikt sterk naar koffie.

'Je werd verwacht,' zegt hij en hij maakt een uitnodigend gebaar naar een oude, witgeverfde stoel.

We drinken koffie en eten er luxe broodjes bij die hij in de magnetron op het aanrecht warm heeft gemaakt. De kastdeurtjes zijn wit, net als de rest van de keuken, het tafelblad en de muren en de witgelakte vloer. Vaalgroene geraniums lichten op bij het raam. In de hoek bij het dressoir hangt een vogelkooi van bamboe zonder vogel. De stem van de oom is vol en diep, hij past volstrekt niet bij het interieur. Hij zit in schipperstrui en trainingsbroek onder een gebloemde, gewatteerde deken en kijkt me heel doordringend aan.

'Hoe oud ben jij?' vraagt hij.

'Tweeënveertig.'

'Dan ben je twee jaar jonger dan ik. Ik ben net jarig geweest.'

'Merkwaardig is dat. Ik heb voortdurend gedacht dat je veel ouder was. Omdat je Puttes oom bent.'

'De moeder van Putte was zes jaar ouder dan ik.'

'Dan ben ik een stuk geruster.'

Er klinkt een kort geblaf van uit de stal. Ik kijk op en tuur door het raam naar het erf.

'Ze moeten dringend naar buiten om te rennen,' zegt de oom.

'Ik ga zo naar ze toe.'

'Zoveel haast is er ook weer niet bij. Eerst moeten we eens wat met elkaar praten. Hoe ben je hier terechtgekomen?'

'Heeft Putte dat niet gezegd?'

'Putte zegt zoveel. Ze zei dat je uit de bus bent gestapt.'

'Dat is ook zo.'

'Heb jij niet iemand naar wie je terug moet?'

'Niet echt. Ik zoek naar een nieuwe plek om te wonen.'

'Heb je een afspraak met Pilegård gemaakt?'

'Putte vindt dat ik even moet wachten om hem te laten zakken met de prijs.'

'Ja, hij weet wel hoe hij zijn geld moet verdienen. Waarom wil je naar het eiland toe?'

'Ik weet helemaal niet zeker of ik dat wel wil.'

'O, dat is gewoon iets wat je aan iedereen vertelt,' zegt hij en hij grijnst zonder te glimlachen en doet dat veel te veel met een blik van verstandhouding, alsof we oude bekenden zijn. Ik sta op om mijn koffiekopje naar de gootsteen te brengen, maar de oom maakt een snelle beweging die voor zijn knie niet goed kan zijn. Hij strekt zich uit naar voren en houdt me bij mijn pols vast.

'Blijf eens even zitten,' zegt hij en hij vervolgt, 'die honden kunnen nog wel even wachten.'

'Oké, goed,' zeg ik en ik ga weer zitten.

'Ik zal je eens iets vertellen,' begint hij, 'je logeert bij een paar kwetsbare mensen. Als je van plan bent over een paar dagen weer in de bus te stappen en ervandoor te gaan, richt je misschien schade aan.'

'Dat was ik niet van plan.'

'Ik denk wel dat je dat van plan bent. Daarom zeg ik het. Je kunt net zo goed eerlijk zijn.'

'Ik ben eerlijk.'

'Ik stel voor dat je in plaats daarvan bij mij komt wonen.'

'Hier?'

'Ja, ik heb plek genoeg. Bovendien moet je voorzichtig zijn met Ibber. Hij heeft het ook niet gemakkelijk. Als je weggaat, zal dat pijn doen. Ik zeg niet dat je er bewust op uit bent iemand te kwetsen.'

'Dat ben ik ook niet.'

'Ik zeg alleen dat je ze met je mee kunt trekken in je val.'

'Wat voor val?'

'Je bent bij mensen van vlees en bloed, ook al denk je misschien van niet.'

'Heb je het hier zelf ingericht?' vraag ik en ik voeg eraan toe: 'Het is heel consequent gedaan.'

Hij knikt.

'Nee,' zegt hij dan.

'Dat dacht ik wel,' zeg ik, 'in de verte is iets van een vrouwelijke hand te zien. Nu ga ik met de honden uit. Moeten ze weer gewoon droogvoer hebben? Krijgen ze nooit iets anders?'

'Ze krijgen wat het beste voor ze is,' antwoordt hij.

30

Ik merk dat ik laaiend ben als ik midden op het veld sta, onder de eik, met mijn beide voeten diep in een voor en de honden zie die aan de bosrand rondstuiven. Ik vervloek hun geluk, nu moeten ze godverdomme ophouden. Terwijl ze rennen en springen, snuffelen ze aan elkaar en aan alles wat ze in de grond kunnen ruiken. Ik weet nog steeds niet hoe ze heten. Het zou heel goed kunnen dat een man als Puttes oom zijn honden geen namen geeft. Wat moet hij ook eigenlijk met die honden, in die ren zitten en in de stal slapen is toch geen leven voor ze. Hij gebruikt ze voor de jacht. Dan is hij dus jager. Hij zag er niet uit als een jager, in zijn witte keuken met zijn stijve been. Het is voor mij ineens dringend nodig de dingen recht voor zijn raap tegen hun oom te zeggen, ik laat de honden begaan en stap met grote passen door het veld. De grond blijft aan mijn rubberlaarzen plakken, ik schraap ze met harde, snelle bewegingen schoon tegen de keien op het erf, schraap ze ook tegen de trap en gooi de deur open, loop door de bijkeuken, ga met mijn armen over elkaar geslagen in de deuropening staan.

Hij zit half rechtop op de klepbank te slapen. Zijn hand ligt boven op de deken, zijn brede vingers tegen de gebloemde stof. Ik hoor zijn ademhaling. Ik schraap mijn keel, maar hij wordt niet wakker. Dan trek ik mijn rubberlaarzen uit en loop door het huis alsof het van mij is. Ik bekijk de snuisterijen en mandjes en struikel bijna over een kelim. Achter de deur staat een hobbelpaard dat zelfgemaakt lijkt, ik loop door naar een koude gang met een schrootjesplafond en kom in een andere kamer, de eetkamer met de acht stoelen met hoge rugleuning en een linnen stoelhoes eromheen. Dan ben ik terug in de keuken bij de dommelende oom, ik ben niet zo heel laaiend meer. Ik trek mijn rubberlaarzen weer aan en doe de deur achter me dicht, loop terug over het erf, half de onverharde weg af en het zwarte bouwland over, tot onder de eikenboom, helemaal aan het einde van het stuk land in de richting van de bosrand.

Ik zie de honden nergens. Ik zoek in mijn zak naar het fluitje, maar kan het niet vinden. Ik weet zeker dat ik het uit de stal heb meegenomen. Ik loop op het veld rond en zoek. Het is echt lastig om in de geploegde voren te lopen, waar de aarde aan je voeten blijft plakken. Ik vind niets. Ik loop de onverharde weg op en zoek het hele stuk weg tot het erf af. Het fluitje ligt niet in de stal, op de koelkast of ergens anders daarbinnen. Ik kijk overal en blijf in de zakken van mijn overall voelen.

Terug naar de akker. Ik loop naar de bosrand. Verscheidene bomen zijn tijdens de storm omgewaaid en liggen met grote, kurkdroge, geknakte takken door elkaar heen. Ik loop in het bos rond en roep de naamloze honden: 'Kom dan! Kom dan!'

Maar de honden zijn nergens te bekennen. Nu ben ik helemaal niet boos meer. Ik loop heen en terug door het bos en over de velden zonder dat ik ze vind. Uiteindelijk loop ik dwars door het bos en kom aan de andere kant op de hoofdweg uit. Ik sta over de landerijen te turen, het licht is nu grijs en helder, ochtendhemel, denk ik bij mezelf. Ik loop terug via de hoofdweg. Het zweet staat op mijn bovenlip, ik breng het tempo wat omlaag. De geluidloze stappen op het asfalt in de rubberlaarzen. Als ik voorbij de onverharde weg naar de boerderij van de oom kom, heb ik bijna het idee dat ik een zwak geblaf hoor. Misschien zijn de honden al uit zichzelf naar huis teruggegaan.

31

Putte zit op de trap voor het huis een sigaret te roken. Ze hoort me pas als ik vlak bij haar ben. Dan kijkt ze met een betraand gezicht naar me omhoog en glimlacht.

'Dag Bente. Wat ben je lang weggeweest. Hoe ging het?' zegt ze.

'Wat is er aan de hand?' vraag ik en ik ga naast haar op de trap zitten.

'Dat is moeilijk uit te leggen,' zegt ze, 'Anne Grethe heeft me ontslagen, en dat is ook wel logisch.'

'O, waarom dan?' zeg ik.

Ze schudt haar hoofd en zegt: 'Het kan niet uit. Probeer je eens voor te stellen hoeveel er verkocht moet worden om alleen de huur al te betalen. Ze verdient zelf immers niks.'

'Dat spijt me echt verschrikkelijk, Putte.'

'Het komt ook doordat ik tegen die twee kinderen heb gezegd dat ze hun speelgoedbeesten wel bij ons konden neerzetten.'

'Ja, die speelgoedbeesten heb ik zaterdag wel zien staan.'

'Echt waar? Waren het er veel?'

'Er stonden een paar zakken.'

'Het is ook niet zo handig dat ik tegen zoiets "ja" zeg.

Het lukt haar nooit om ze te verkopen en dan moet ze ze laten afvoeren.'

'Ik vond het anders mooie speelgoedbeesten.'

'Maar eigenlijk denk ik dat het vooral vanwege een fluitkabouter is,' zegt Putte.

'Wat?' vraag ik.

'Ze beweert dat er een ontbrak in het kabouterlandschap. Ze moest een korting van vijfhonderd kroon geven. Maar alles zat in die doos. Ik heb niet eens zin om nog eens te gaan kijken, ik weet zeker dat ik alles heb ingepakt. Je moet niets tegen John zeggen, hoor.'

'Over die kabouter?'

'Over dat ik ontslagen ben. Ik wil nog even wachten voor ik het vertel.'

'Ik zal er niets over zeggen.'

'Ik ben zo blij dat ik jou heb,' zegt Putte en ze droogt haar ogen en komt overeind. 'Laten we naar binnen gaan en koffiezetten. Heb jij geen zin in koffie?' vraagt ze.

We drinken koffie op de bank, John met zijn been omhoog in de hoek. We hebben de salontafel heel dichtbij geschoven, zodat hij bij zijn beker kan zonder al te ver voorover te moeten buigen. Er zijn nog steeds twee puddingbroodjes over van gisteren. Putte heeft ze in zes gelijke stukken verdeeld, twee voor elk. Terwijl we zitten te eten hebben we het over de voorraadsituatie. John zegt dat er nog heel veel eten in de vriezer zit, voorgebraden frikadellen en een soepkip, en bovendien nog zelfgemaakte rodekool met rode aalbessensaus van Kerstmis. Slechter staat het ervoor op het melk- en aardappelfront. Ze discussiëren over de kans dat Elly nog een liter melk heeft die niet bedorven is. Die kans is klein, denkt John. Ze is waarschijnlijk zelf ook door de meeste spullen heen, haar geluk is dat ze zo weinig verbruikt.

'In tegenstelling tot sommige anderen,' zegt John terwijl hij zichzelf lachend op zijn buik slaat. Hij draait zich een beetje om en steekt een arm uit naar Putte die op haar knieën op het tapijt zit. Ze verdwijnt in zijn armen, glijdt naar hem toe en zoent hem een paar keer op de wang. Zij slaat ook op zijn buik.

'Zo kan ie wel weer, liefje,' zegt hij.

'Ik zal wel boodschappen gaan doen,' zeg ik.

'Jij?' vraagt John.

'Ik had gedacht dat ik het kon doen,' zegt Putte.

'Kun jij fietsen?' vraagt John aan mij.

Putte prikt met haar wijsvinger in zijn wang en zegt: 'Je weet toch dat Bente laatst ook op pad is geweest. Naar Anne Grethe.'

'Ach ja, dat is ook zo,' zegt John.

'Schrijven jullie maar gewoon een briefje, ik wil het heel graag doen. Ik moet ook nog geld halen.'

'Waarvoor?' vraagt Putte.

'Jij bent ook niet een klein beetje nieuwsgierig,' merkt John op.

'Ik woon al meer dan een week bij jullie zonder dat ik ook maar ergens voor heb betaald.'

'Je hoeft niet te betalen. Er valt niets te betalen.'

'Jij zelf bent al betaling genoeg,' zegt Putte.

'Je kunt daar ook geen extra geld opnemen.'

'Dan kan ik toch op zijn minst betalen wat we nodig hebben. Wat hebben we nodig?'

'We maken een lijstje.'

Putte belt naar Elly om te horen of ze iets wil hebben. Het is een kort gesprek, om verschillende redenen is Elly vandaag niet bijzonder praterig.

'Alleen een zakje salmiaksnoepjes,' zegt Putte tegen mij en praat weer in de telefoon: 'Is dat echt alles?'

'Dat zeg ik toch,' zegt John.

Hij heeft zich half op zijn zij gedraaid, vandaag draagt hij wollen sokken in zijn badslippers, zijn tenen wippen op en neer.

'Kun jij er nog eentje voor me bij leggen, Bente?' vraagt hij en hij knikt naar de kachel. Ik ga staan en pak een briket uit de korf, open het deurtje en leg de briket voorzichtig op de gloeiende as, doe het deurtje dicht, open de regelschuif en wacht even tot het vuur oplaait, doe de regelschuif dicht.

Meteen nadat Putte heeft neergelegd, gaat de telefoon opnieuw. Het is Ibber. Putte houdt de hoorn tegen haar borst en glimlacht naar me. Ze zegt: 'Je mag hem best boven nemen, hoor.'

'Dat maakt niet uit.'

Ik neem de hoorn. Putte keert meteen terug naar haar

boodschappenlijstje, ze praat ondertussen hardop met John: 'Wat hebben we nog meer nodig, schat?'

'Hallo,' zeg ik.

'Hallo,' zegt Ibber, 'hoe gaat het?'

'O, het gaat wel goed, hoor.'

'Hoezo "wel goed"?'

'Wat zeg je van metworst woensdag?' vraagt Putte, nog steeds behoorlijk hard.

'Nou ja, wel goed,' zeg ik.

'Ik denk veel aan je. Het was heel fijn.'

'Ja.'

'Denk je ook aan mij? Je kunt gewoon "ja" of "nee" zeggen.'

'Ja.'

'Of speerribs,' zegt Putte. John begint hard te lachen.

'Ik zit ook aan iets anders te denken,' zegt Ibber, 'het zou toch beter zijn als je gewoon een tijdje bij mij logeert. Ik ben toch maar in mijn eentje. Gewoon totdat, nou ja, je weet wel. Ja.'

'Totdat wat?'

'Dat met Pilegård. Maar dat staat je natuurlijk vrij.'

'Dat is lief van je.'

'Jij bent waarschijnlijk de mooiste vrouw met wie ik iets heb gehad.'

Nu weet ik niet wat ik moet zeggen. Putte zit gespeeld geconcentreerd over haar boodschappenbriefje gebogen, ze zit nu figuurtjes te tekenen.

'Maar dát is het niet zozeer. Je kunt met jou praten, jij bent slim.'

'Dat ben ik in elk geval niet.'

'Denk er maar over na. Ik ben donderdag terug.'

'Dank je wel, Ibber.'

'Tot kijk, knappe vrouw.'

'Nu weet ik het, Chinees rijstpannetje,' zegt Putte.

John valt haar bij: 'Ja, potverdorie. Dan hebben we alleen maar wat varkensvlees nodig.'

32

Putte staat op de trap naar me te zwaaien als ik wegfiets. Ze heeft een grote kartonnen doos op de bagagedrager gemonteerd en me een rugzak geleend voor de rest van de boodschappen. Een fietsmandje heeft ze helaas niet. Ik draai me meerdere keren om en zwaai naar haar, nu is ze één grote glimlach, ze heeft het einde van haar dikke vlecht beetgepakt en zwaait daarmee. Ik volg de weg rond het berkenbosje, en dan kan ik haar niet meer zien. Als ik langs de boerderij van haar oom kom, hou ik mijn blik gericht op de velden, maar afgezien van een zwerm meeuwen valt er geen teken van leven te bespeuren.

Vandaag is het heel anders om te fietsen. Er staat bijna geen wind, de zon staat nu hoog aan de hemel en het grijze wolkendek boven zee is opgelost. Er hangt een aangename geur van aarde in de lucht. In de verte, op een van de akkers voor me, rijdt een groene tractor rond die zich langzaam voortbeweegt, maar ik hoor geen andere geluiden dan de meeuwen die nu zijn opgevlogen en zich in een losse zwerm boven het land bewegen.

Ik kom snel vooruit. Als ik Pilegård nader, stap ik van de fiets af en loop ik ermee aan de hand heel kalm naartoe, zet de fiets op de standaard en kijk overal in het grind van de oprit. Ik zoek ook in de berm, stap zelfs het veld op en kijk in de geploegde voren. Als ik op mijn knieën lig bij de zwerfkei met de gebeitelde naam erop wordt er vanaf de boerderij naar me geroepen. Het is Pilegård zelf, in hoge rubberlaarzen, met zijn handen in zijn zij en een stem die mekkerend klinkt.

Hij roept: 'Kom eens hier.'

Ik ga staan en zwaai naar hem.

'Het was mijn sleuteltje maar,' roep ik terug.

'Hier moet je wezen,' blaat hij terug en hij doet een paar stappen in mijn richting, blijft staan, loopt verder, struikelt over iets en hervindt zijn evenwicht.

'Ik had mijn sleutel verloren, maar ik heb hem al teruggevonden,' roep ik en ik stap weer op de fiets.

Ik kijk een paar keer naar hem om, eerst staat hij ook naar mij te kijken, vervolgens maakt hij een armgebaar in de lucht, draait zich om en stapt zijn erf weer op.

Ik volg de routebeschrijving van John nauwkeurig. Kom langs de eerste rotonde en het benzinestation, het bushokje en de kiosk die om een of andere reden vandaag gesloten is. Ik rij achterlangs bij de keerplaats, zoals John voorschreef, daarna is er het hele stuk een fietspad tot aan de tweede rotonde en de anderhalve kilometer tot aan de buurtsupermarkt. Die zit in een niet zo heel groot gebouw uit rode baksteen en heeft enorme ramen die aan de binnenkant zijn dichtgeplakt met bruin en oranje plastic of folie. Een houten trapje leidt naar de ingang, op de trap staan een paar half verwelkte hyacinten met een prijslabel van twintig kroon per stuk. Het lijkt erop dat er binnen geen klanten zijn.

Ik neem een winkelwagentje en begin bij de groente-afdeling. Ik pak aardappels, tomaten en champignons voor het Chinees rijstpannetje. Ik zie dat de champignons bij de steel verrot zijn en leg het bakje terug, loop naar het schap met conserven en neem in plaats daarvan twee potjes met champignons. Ik neem ook een blik ananas en een blik doperwten. Op de diepvriesafdeling krijg ik spijt van de doperwten in blik, kies in plaats daarvan een zak erwten uit de diepvries. Ik vul mijn wagentje met vlees, koteletten, lende en gehakt, kalkoen en ossenhaas in de reclame. Melk en margarine. Ook een pakje boter. Anderhalve liter cola. Vier verschillende soorten koekjes en biscuits, marmercake en muffins. Op de snoepafde-ling neem ik de grootste doos gevulde chocolade en een klein zakje salmiaksnoepjes.

Het lange haar van de kassajuffrouw is strak samenge-bonden in een paardenstaart, ze lijdt sterk aan overge-wicht, en haar kapsel biedt een vrije aanblik op de brede hals en haar onderkinnen, een kleine tatoeage beweegt in haar decolleté heen en weer. Een of andere omgekeerde vogel, of een draak. Zo'n strakke paardenstaart moet zeer doen, de huid op de slapen wordt haast mee naar achte-ren getrokken. Ik zie nu ook dat haar haar geverfd is, het is veel te zwart voor de witte huid en de blauwe ogen. Ze kijkt naar me en glimlacht, haar hoektanden staan iets naar buiten.

'Zeshonderdzevenentachtig,' zegt ze.

'Mag ik tweeduizend kroon extra opnemen?' vraag ik.

Ze schudt haar hoofd en antwoordt: 'Ik zou het graag doen, maar dat mag ik helaas niet. Je kunt hier alleen het bedrag zelf pinnen.'

'Ook geen duizend?'

'Helaas. Het spijt me.'

'Oké.'

Ik betaal het bedrag met de pin en begin de waren in de rugzak te stoppen en in de twee tassen, waarvan er in elk geval een in de kartonnen doos op de bagagedrager kan staan. Ze zit naar me te kijken en glimlacht nog steeds, geeft me een tomaat aan die was weggerold, haar handen zijn van het werk aan de kassa groezelig geworden.

'Moet je dat allemaal op de fiets meenemen?' vraagt ze en ze knikt naar de weg.

'Ja, maar dat lukt vast wel.'

'Je hoeft misschien niet zo ver te fietsen?'

'Nee, zo vreselijk ver is het niet. Ik moet aan de kust zijn.'

'Goh, helemaal aan de kust? Dat is hartstikke ver. Zit je in een zomerhuisje?'

'Nee, ik logeer gewoon een poosje bij iemand.'

'O, jij bent degene die bij Putte logeert?'

'Ja.'

'Dat had je toch even moeten zeggen,' zegt ze en ze buigt voorover naar een soort omroepinstallatie, drukt op een knop en roept om: 'Jens, heb je even een momentje?'

Het kraakt nogal, dan klinkt er iets van een antwoord, ze glimlacht opnieuw en kijkt achterom of ze hem ziet terwijl ik mijn laatste boodschappen over de tassen verdeel. Dan komt hij van achteren tevoorschijn, een lange, dunne man in een fleecetrui en een te korte spijkerbroek die met een riem is ingesnoerd. Hij heeft alleen haar op zijn achterhoofd, maar daar is het dan ook behoorlijk dik en vol.

'Wat is er?' vraagt hij.

Het lijkt alsof hij bezig was met iets waar hij graag zo snel mogelijk naar terug wil. Er scheert een koude windvlaag door de zaak, misschien heeft hij de deur naar het magazijn open laten staan.

'Deze mevrouw logeert bij Putte,' zegt de kassajuffrouw, die eigenlijk meer een meisje is.

'En?' vraagt Jens.

'Nou, ze wil graag tweeduizend extra opnemen.'

'Dat doen we niet.'

'Ja maar, ze logeert bij Putte,' herhaalt het meisje.

'Ik heb heus wel gehoord wat je zei, Bente,' zegt Jens en eventjes raak ik in de war.

'Heet jij ook Bente?' vraag ik.

'Jij ook?' vraagt het meisje.

'Ja, of eigenlijk, nee, niet echt.'

'Wij zijn geen bank,' zegt Jens en hij legt een paar tijdschriften recht en gaat verder tegen Bente. 'Wat hou jij de zaak slecht op orde, zeg.'

'Waarom heet deze supermarkt eigenlijk CoopCompact?' vraag ik, 'en waar is het trema gebleven?'

Nu is hij eventjes in de war, en hij zegt: 'Welk trema, wat voor trema?'

Bente interrumpeert verzoenend: 'Dat komt doordat het een kleinere, maar complete supermarkt is, waar je álles kunt kopen.'

'Dat is echt een slechte samentrekking, zeg,' merk ik op.

'Dat kan wel zijn, maar daar heb ik niets mee te maken. Ga eens aan de slag met dat schap,' zegt hij en maakt een gebaar naar Bente, die in een golvende beweging uit haar stoel komt.

Jens verdwijnt naar waar hij vandaan gekomen is. Weer volgt er een koude windvlaag als de deur van het magazijn dichtvalt.

Bente zegt: 'Het spijt me vreselijk. Het gaat op dit moment niet zo goed met hem. Zijn vrouw heeft iets met haar hoofd en dan is er ook nog de komst van de Lidl.'

'Je hoeft je niet te verontschuldigen. Het was lief van je dat je het probeerde.'

'Dat moest er nog bij komen, als jij Putte kent. Haar moeder heeft er destijds voor gezorgd dat ik hier een baan kreeg. Jens wilde me eerst niet aannemen vanwege mijn omvang, maar toen heeft Kylle met haar vuist op tafel geslagen.'

'Heette ze Kylle?'

'Zo werd ze genoemd.'

'Is ze hier in de winkel overleden?'

'Nee, joh. Waarom denk je dat? Ze overleed in de auto.'

'Welke auto?'

'Nou, de auto van John en Putte. Weet je dan niet wat er gebeurd is?'

'Nee, eigenlijk niet. Daar hebben we het niet zo uitgebreid over gehad. Maar Ibber vertelde dat jullie hier achteraf heel behulpzaam waren geweest.'

'Ach, Ibber.'

'Maar wat is er dan gebeurd?'

'Nou ja, op een ochtend zouden Putte en John de moeder van Putte naar haar werk brengen. Ze zijn in de auto gestapt, haar moeder zit op de achterbank. John rijdt, hij rolt rustig achteruit naar de weg waaraan ze wonen. Wat ze niet weten is dat Puttes oom, de broer van haar moeder dus, wakker is geworden en een brief van zijn vrouw heeft gevonden. Ze is er 's nachts met de kinderen vandoor gegaan en hun oom is toen om een of andere reden naar die oude vrouw toe gegaan. Elly. In zijn pyjama, in een soort shocktoestand. Zij is altijd haast een moeder voor hem geweest.'

'Waarom?'

'Zo is het nou eenmaal. Hij zit dus helemaal in shock bij haar in de woonkamer, en als Elly hoort dat Putte en John wegrijden stormt ze de deur uit, of hoe snel ze dat ook maar kan. Ze zwaait met armen en benen en weet de auto midden op de weg tegen te houden en loopt erheen.

Maar op dat moment komt Ibber dus aanrijden met zijn vriendin, van achteren dus. En toen zijn ze zo tegen de anderen aangereden.'

'Is ze op die manier gestorven?'

'Ja. Nou ja, niet door het ongeluk. Maar vlak erna heeft ze een hartaanval gehad. Misschien had ze al een zwak hart, daar zijn ze nooit achter gekomen.'

'En Putte en John dan?'

'Die hebben daar hun whiplash opgelopen. Maar Putte vertelde dat het pas na een paar dagen pijn begon te doen. Ze zei dat het een heel harde klap was en dat het daarna doodstil werd. Ze draaide zich heel langzaam om en zag haar moeder op de achterbank zitten, ze keken elkaar onderzoekend aan, haar moeders ogen gingen dicht en weer open, en vervolgens draaide Putte zich om naar John en zij bekeken elkaar ook van top tot teen. Maar toen schrokken ze ineens wakker, zeg maar. Omdat Elly zo stond te schreeuwen.'

'Was haar iets overkomen?'

'Nee, nee, maar dat dachten ze wel. Dus stapten ze uit de auto en Elly was compleet hysterisch. Hun oom verscheen in zijn pyjama bij het huis.'

'Hoe zat het met Ibber en zijn vriendin?'

'Zij hadden niks. Maar Ibber is sinds die tijd wat gevoelig.'

'Dat is wel te begrijpen.'

'Ja. Gelukkig reed niet hij, maar zijn vriendin. Die in het ziekenhuis van Næstved werkt.'

'Katrine?'

'Ja. Ze had niet eens een rijbewijs, ze wist waarschijnlijk het verschil tussen het gaspedaal en de rem niet eens. Maar Ibber opende het achterportier van zijn moeder. Ze was intussen overleden, toen zij het zo druk hadden met Elly.'

'Arme Ibber.'

'Ja, en arme Putte. En John ook. Het waren de enige twee auto's in de wijde omtrek.'

'Waar was hun vader op dat moment?'

'Eskild? Die was waarschijnlijk vissen. Daarna is hij dus naar Næstved verhuisd.'

'Ja, dat weet ik.'

'Hij is een goede vent. Maar geen van hen is sinds het ongeluk weer helemaal de oude geworden.'

Er klinkt lawaai van achteren, er wordt een paar keer een deur dichtgegooid en daarna klinkt de stem van Jens door de winkel: 'Bente, kun je even komen?'

Dan nemen we afscheid, ik leg een hand op haar zachte, blote arm die wat bobbelig is, en we glimlachen naar elkaar voordat we ons omdraaien en met onze eigen dingen verder gaan.

33

Mijn fiets is nu zwaar beladen. Mijn rugzak stoot tegen de volle doos op de bagagedrager aan, de plastic tas slingert aan het stuur. Ik heb de zakken van mijn overall volgestopt met de laatste boodschappen, het zakje salmiaksnoepjes en een pakje rosbief, de verpakking snijdt in mijn dij. Ik slinger over het fietspad, een bestelbusje rijdt met hoge snelheid langs terwijl het opgewekt toetert. Ik stop, verschuif de plastic tas een stukje en stap weer op de fiets.

Langs de hoofdweg in de richting van de keerplaats staat wat verspreide bebouwing. Bouwvallen die nieuwe dakpannen hebben gekregen en gestuukt zijn. Overal staan trailers vol planken en bouwafval, tegels en brokken muur liggen op hopen in de voortuinen. Ik fiets nu sneller. Mijn ademhaling heeft een ritme gevonden. Ik adem in door mijn neus en adem uit door mijn mond. Er hangt een dieselgeur in de lucht, ik voel de natte rand van de bivakmuts tegen mijn onderlip aan.

Na de keerplaats rij ik langs de kiosk en de huizen met de plastic flamingo's. Ik kijk er niet naar en ik kijk ook niet in de richting van het oude benzinestation als ik er langsrijd. Ik kijk recht voor me uit en af en toe even naar beneden, naar de tas aan het stuur die het lijkt te houden. Ik heb er lichte boodschappen in gestopt, koekjes en casinobrood en tomaten.

Eindelijk kom ik bij de eerste rotonde. Ik sla de weg naar de kust in. Nu ga ik de rest van de tocht nog slechts door landerijen en bos en langs Pilegård, maar ik hoef nu niets in de berm te zoeken. Ik denk aan de doos met gevulde chocolade in de kartonnen doos op mijn bagagedrager, ik wil hem ergens voor Putte wegzetten. Op een vensterbank of op de vriezer, misschien kan ik hem in de grote kist verstoppen. Ik stel me in gedachten voor hoe ze de deksel openmaakt en de doos vindt. Haar wapperende vlecht en haar heldere stem. Ik denk aan haar lach en ik blijf haar vlecht voor me zien. Ik weet niet wat dat is met die vlecht. Ik kan de velden nu ruiken, de zwarte aarde. Volgens mij heb ik nog nooit zulke zwarte grond gezien. Misschien is hij heel rijk aan een bepaald mineraal. Misschien komt het door de zee, misschien liggen de landerijen op ingepolderde zeebodem. Ik weet niets over deze plek, zou die niet eens op een kaart kunnen aanwijzen.

Ongemerkt ben ik sneller gaan rijden. Dat is niet goed, want de tas begint heen en weer te slingeren. Maar ik ga door, nu komt het bos aan de rechterkant. Dat moet ik voorbij en dan komt de scherpe bocht. Daar waar de metselaar een paar dagen geleden met Putte in zijn auto verdween. Toen haar stem in de lucht bleef hangen. Toen had ik ook een overall aan. Ik stond daar en zag de auto verdwijnen en daarna ben ik verder gelopen. Ik had medelijden met Putte, maar heel veel medelijden had ik niet. De onverstoorbaarheid van de metselaar ergerde me, maar ik kon niet zeggen waarom. Ik had het warm en voelde me goed in de overall, hij was een soort bescherming. Ik denk aan dat woord. Ik fiets. Ik luister naar mijn ademhaling, in door mijn neus, uit door mijn mond. Mijn rugzak slaat tegen iets aan in de kartonnen doos, de tas slingert. Het bos flitst langs me heen. Misschien heb ik de wind in de rug, ik voel helemaal geen weerstand. Ik wil de scherpe bocht na het bos minder scherp maken. Ik snij de bocht af en kom aan de andere kant van de weg in een groot wielspoor terecht, een strook glibberige grond die van de akker afkomstig is. De fiets begint door zijn hoge snelheid weg te glijden en kantelt. Ik beland met een klap op mijn rug, onder mij rinkelen de glasscherven.

Ik lig naar de hemel te kijken. Hij is blauw. Het is januari. De hemel is in januari anders blauw. Niet als in april of in het najaar. Het gebeurt niet zo vaak dat ik de hemel vanuit deze hoek bekijk. Ik zie een kromming boven zee. Er hangen twee condensstrepen van vliegtuigen. Eentje begint in het midden op te lossen.

Mijn fiets ligt in het wielspoor naast me, de boodschappen liggen verspreid om me heen. Het lijkt er niet op dat er iets stuk is gegaan. Ik kan met mijn rechterhand bij een pak koekjes komen. Als ik het wil pakken, knarst er iets in de rugzak onder me.

Ik kom overeind. Ik heb nergens pijn. Doe mijn rugzak af, er druipt een heldere vloeistof uit. Het zijn de twee
potjes champignons die kapotgegaan zijn. Er liggen glasscherven tussen alle boodschappen, het is dun, broos glas.
Ik doe de rugzak weer dicht en zet die op de rijbaan. Weet
de fiets overeind te krijgen en zet hem op de standaard.
De kartonnen doos zit nog steeds zoals hij moet zitten,
op de bagagedrager. Ik buk me om een van de plastic tassen te pakken. Er valt een blikje tonijn uit. Ik wil het op-
rapen, maar het rolt verder. Ik blijf staan wachten tot het
stilligt. Dan hoor ik een geluid dat hier niet thuishoort.
Gejank. Vanuit de greppel, een stukje verderop langs de
weg. Iets bruinachtigs beweegt zich. Ik laat het blikje tonijn liggen en loop naar het geluid toe. Het bruine is van
een van de honden, hij komt uit de greppel tevoorschijn,
gaat op de rijbaan zitten en kijkt naar me, hij gaat voortdurend staan en weer zitten en als ik bij hem ben, duwt
hij zijn gladde hoofd tegen de achterkant van mijn hand.
De andere hond ligt half op de akker, zijn ogen zijn geopend, zijn tong hangt naar buiten. Ik loop naar hem toe
en ga op mijn hurken zitten, hij is al koud, de andere hond
staat achter me te janken en duwt met zijn snuit tegen
me aan.

Ik blijf me maar omdraaien terwijl ik erbij wegloop. De
hond wil niet met me mee. Ik loop met de fiets met boodschappen, de rugzak heb ik nu ook aan het stuur gehangen. De hond zit in zijn greppel en kijkt me na, af en toe

gaat hij staan en gaat dan ook weer zitten. Als de weg vlak voor de onverharde weg naar Puttes oom een bocht maakt, kan ik hem niet meer zien. De rugzak slaat tegen het voorwiel.

34

Als ik het huis van Elly voorbij ben, zie ik iemand op het bankje bij de bushalte zitten. Een blauwe rug draait zich om, het is John in zijn thermojas, hij ziet me en steekt zijn arm met de kruk omhoog. Ik loop nog een stukje verder en zet dan de fiets tegen de gevel van een van de leegstaande huizen en loop naar hem toe. Hij glimlacht naar me en ik glimlach terug, hij heeft rode wangen, een van de plukken haar beweegt een klein beetje. Hij slaat met zijn hand op de zitting van de bank.

Hij zegt: 'Ga zitten. Is het gelukt?'

'Ja, het ging prima,' zeg ik.

'Dat is mooi. Het is een aardig lange rit. Kijk die daar eens.'

Hij knikt naar een kraai die op de rand van een omgevallen prullenbak is geland, en die probeert wat afval tussen de tralies van de metalen korf heen te trekken.

'Tjonge, wat is die handig,' zegt hij.

'John, ik wilde je nog iets vragen,' zeg ik.

'Brand maar los,' zegt hij terwijl hij zijn kruk laat zakken.

Ik zeg: 'De eerste keer dat we naar de honden gingen. Volgens mij zei jij dat je me kende.'

'Nou ja, kennen en kennen. Ja, nu ken ik je immers.'

'Je zei dat jij wel wist wie ik was.'

'Ja, dat is ook zo.'

'Heb je soms een van mijn boeken gelezen?'

'Wat voor boeken?'

'Die ik heb geschreven.'

'Schrijf jij boeken?'

Hij gaat rechtop zitten, kijkt me recht aan en vraagt: 'Meen je dat nou? Heb je Putte dat al verteld?'

'Misschien ging ik ervan uit dat jullie het wel wisten.'

'Nee, hoe zouden wij dat moeten weten?'

'Het kon zijn dat jullie me ooit in een krant of zoiets hadden gezien. Een paar jaar geleden.'

'Nee, dat hebben we nooit gezien. Wat schrijf jij dan? Waar gaat het over?'

'Dat is een beetje moeilijk uit te leggen.'

'Maar, zijn het krimi's of zo?'

'Nee, zo kun je ze niet noemen.'

'Wat zijn het dan? Zijn het dingen die je zelf hebt meegemaakt?'

'Nee-eeh. Ja toch, in zekere zin wel.'

'Ja maar, het moet toch ergens over gaan.'

'Het gaat vooral over gewone mensen.'

'Dat klinkt saai. Wat doen ze dan allemaal?'

'Ze drinken koffie en praten met elkaar en dat soort dingen.'

'Dat meen je niet.'

We zitten allebei wat te lachen.

'Nou, dat is me ook wat,' zegt hij en hij gaat verder, 'nee, ik heb je een keer gezien toen ik een grote wrat moest laten weghalen. Dat heeft jouw man gedaan. Jij kwam met iets naar de kliniek. Ik was al bij verschillende andere specialisten geweest, zonder resultaat, pas jouw man wist het ding klein te krijgen.'

'Is dat echt waar?'

'Ja, maar je had je haar toen wat langer,' zegt hij en hij weet met behulp van zijn krukken van de bank omhoog te komen.

'Dat waren hairextensions,' zeg ik.

'O, is dat zo?' vraagt hij.

Ik loop met hem mee in de richting van het huis, blijf bij de fiets staan en verschuif een paar boodschappen in de kartonnen doos. Ik leg de doos met gevulde chocolade bovenop. Ik neem de fiets aan de hand mee, steek schuin de weg over en zet hem tegen het huis. John is door het hek naar de achtertuin verdwenen, nu gaat de voordeur voor mij open, en daar in de gang staat Putte op haar sloffen en in haar nachtjapon. Ze vormt met haar hand van haar mond naar haar linkeroor een telefoon en steekt haar andere hand treurig naar me uit.

'Er is telefoon voor je. Wil je er graag zijn?' vraagt ze.

Ik pak haar hand aan die warm en glad is, ik loop de trap op en blijf staan. Met mijn vrije hand haal ik iets uit de zak van de overall en geef het aan haar. Ze kijkt naar het verfrommelde formulier en de kwitantie tussen ons in, dan kijkt ze naar mij en houdt haar hoofd schuin.

'Ik weet niet of ik dat wil, zou ik willen zeggen.'